Arena-Taschenbuch
Band 2748

Eine Auswahl weiterer Titel von Brigitte Blobel im Arena Taschenbuch:

Shoppingfalle (Band 50211)
Herzsprung. Wenn Liebe missbraucht wird (Band 2544)
Alessas Schuld. Geschichte eines Amoklaufs (Band 2732)
Liebe wie die Hölle. Bedroht von einem Stalker (Band 2734)
Meine schöne Schwester. Wege in die Magersucht (Band 2735)
Falsche Freundschaft. Gefahr aus dem Internet (Band 2962)
Eine Mutter zu viel. Adoptiert wider Wissen (Band 2745)
Liebe passiert (Band 50112)
Jeansgröße 0. Kein Gramm zu viel (Band 50147)
Drama Princess. Topmodel – um jeden Preis? (Band 5866)

Brigitte Blobel,
1942 geboren, studierte Politik und Theaterwissenschaft. Heute arbeitet sie als erfolgreiche Journalistin und schreibt Drehbücher für Film und Fernsehen sowie Romane für Erwachsene und Jugendliche, für die sie bereits mehrfach ausgezeichnet wurde. Sie ist eine der beliebtesten deutschen Autorinnen.

»Brigitte Blobel kennt die Sehnsüchte und Sorgen junger Mädchen genau. Sie trifft die Themen der Zeit.«
DEUTSCHLANDFUNK

Brigitte Blobel

Die Clique

Wenn die Gruppe Druck macht

Arena

Für Paula Lilli

FSC
Mix
Produktgruppe aus vorbildlich bewirtschafteten Wäldern, kontrollierten Herkünften und Recyclingholz oder -fasern
Zert.-Nr. SGS-COC-003210
www.fsc.org

2. Auflage 2010
als Neuauflage im Arena-Taschenbuch 2010

Umschlaggestaltung und -typografie: knaus. büro für konzeptionelle und visuelle identitäten, Würzburg, unter Verwendung eines Fotos von Adamsmith/Superstock
Gesamtherstellung: Westermann Druck Zwickau GmbH
ISSN 0518-4002
ISBN 978-3-401-02748-7

www.arena-verlag.de
Mitreden unter forum.arena-verlag.de

1. Kapitel

Ich möchte als Fisch wiedergeboren werden. Einer von diesen Fischen, die im warmen Meer schwimmen, Indischer Ozean oder so. Ich möchte vor einer Insel an einem Riff leben, wo es bunte Korallen gibt und ganz viele andere Fische, die sich alle von Algen und Plankton ernähren und den winzigen kleinen Krebsen. Winzige sandfarbene Krebse, die nur dazu da sind, von Fischen gefressen zu werden. Auch komisch, wenn du als Futter zur Welt kommst. Hoffentlich denken die Krebse nicht darüber nach. Wer weiß, vielleicht bilden selbst diese minikleinen Krebse Familien und große Lebensgemeinschaften, so was wie Dörfer oder Städte. Ich hab keine Ahnung.
Aber darauf würde ich auch keine Rücksicht nehmen. Das könnte ich gar nicht, wenn ich ein bunter Fisch wäre, ein Korallenfisch, der am Korallenriff lebt. Es gibt Fische, die sind vollkommen königsblau, haben silberne Flossen und rote Köpfe. Oder sind gelb mit breiten Mäulern und durchsichtigen Augen. Es gibt breite Flossen und schmale. Schnelle und langsame, schlanke und dicke Fische. Ich wäre ein schlanker, schöner Fisch mit großen Augen und einem weichen Maul. Vielleicht würde ich doch nur Algen fressen und keine Krebse. Ich glaube, ich möchte ein vegetarischer Fisch sein, wenn ich wieder auf die Welt komme. Ein friedlicher Fisch, der niemandem etwas tut.
Hoffentlich werden Fische wie ich nicht sofort von irgendwelchen Barrakudas oder Haien gefressen, weil wir so

schön sind oder so selten oder einfach nur, weil wir uns nicht so gut verstecken können. Es gibt Fische, die haben genau die gleiche Farbe wie die Korallen, eine Tarnfarbe, sie können sich also zwischen den Korallen verstecken und warten, wenn ein Killerfisch vorbeischwimmt. Der sieht sie einfach nicht.

Das wäre auch schön, wenn man in seiner Umgebung so verschwinden könnte, dass man gar nicht auffiele, aber trotzdem für sich irgendwie einzigartig und besonders wäre.

Aber wahrscheinlich komme ich doch bloß als Scholle oder Dorsch auf die Welt und muss in der kalten Ostsee herumschwimmen und werde von blöden Fischern in ihren Gummilatzhosen, die bis unter die Achseln gehen, gejagt. Egal. Gegen das kalte Wasser hat man dann eben die Fettschicht, da macht einem das nichts aus. Als Scholle oder Dorsch weiß ich ja auch nichts von den schönen türkisfarbenen Buchten der Karibischen Inseln. Als Fisch bin ich zufrieden, so wie ich bin, weil ich perfekt bin. Niemand erwartet von mir etwas anderes als das, was ich bin: ein Korallenfisch, der herumschwimmt, sich von Algen ernährt, sich zwischen Korallen versteckt, mit anderen Korallenfischen spielt.

Oder nein, ich fang noch mal an.

Ich möchte als Fisch wiedergeboren werden, weil Fische stumm sind. Weil sie in der Stille leben, schwerelos, weil sie, wenn ihnen eine Gegend nicht gefällt, einfach weiterschwimmen können in die nächste Bucht oder weit hinaus in den Ozean, wo sie keiner kennt.

Ich glaube, dass ein Fisch das glücklichste Wesen überhaupt

ist. Delfine sind ja eigentlich keine Fische, weil sie Säugetiere sind, aber sie leben im Meer, tummeln sich herum, tauchen manchmal auf und dann sieht es aus, als würden sie lächeln. Das liegt natürlich nur an ihrem Maul, das so nach oben gebogen ist. Und wir Menschen beurteilen ja alle Wesen nach ihrer Ähnlichkeit mit uns. Es heißt, dass Gott uns nach seinem Ebenbilde gemacht hat. Also, dass er uns Menschen ähnlich ist. Aber sind wir Gott immer noch ähnlich? Ich habe da meine Zweifel.

Zu viel ist schiefgelaufen und noch mehr wird schieflaufen, wenn wir so weitermachen auf dieser Welt.

Manchmal wünschte ich, am Himmel würde so ein großes rot-weißes Schild auftauchen, auf dem STOPP steht.

Bis hierhin und nicht weiter! Hört auf! Besinnt euch!

Solche Sachen gehen mir durch den Kopf und manchmal hab ich davon Albträume und deshalb sitze ich jetzt am Computer und versuche, das in Worte zu fassen, was in mir vorgeht.

Versuche, meine Erlebnisse irgendwie in den Griff zu bekommen, indem ich sie aufschreibe. Vielleicht versteh ich dann alles besser, am Ende.

Eine Weile bin ich herumgelaufen wie eine Blinde. Als hätte ich mir selber ein schwarzes, undurchdringliches Tuch über die Augen gebunden. Ich wollte einfach nicht sehen. Aber ich wollte auch nichts hören. Man nennt das, glaube ich: verdrängen.

Es gibt Augenblicke im Leben, da entscheidet sich der Weg für die nächsten Monate, Jahre, vielleicht auch für das ganze Leben. Aber man wird ja nicht gewarnt. Man weiß nicht,

dass zum Beispiel dieser Augenblick, als die Clique mich unter Druck gesetzt hat, damals, in der S-Bahn nach Friedrichshain, der Wendepunkt für mich war.
Eigentlich ein normaler Tag wie jeder andere. Eigentlich ein schöner Tag. Ich gondelte mit meiner Clique, meinen Freunden, mit der S-Bahn durch Berlin. Es war der Tag, an dem Madonna in die Stadt kam und alles auf den Beinen war. In der Luft Musik. So ein Beat-Rhythmus.
Aber ich bin schon mitten in der Geschichte. Und dabei wollte ich es doch machen wie ein Profi. Ein richtiger Anfang. Man muss richtig anfangen.
Also, noch einmal:
Ich bin Lara Weisskamp, vierzehn Jahre alt und besuche seit zwei Jahren das Helene-Lange-Gymnasium in Berlin. Ich habe Fotos von mir als Baby gesehen, die Bilder von der Taufe, nein, stimmt gar nicht, von der Taufe gibt es ein Video, mein Papa rannte, als ich klein war, immer nur mit der Videokamera herum. Lara, dreh dich mal um, lächel mal. Lara, steh mal auf, geh mal rüber da zu der Schaukel, nein, nicht so hastig, langsame Bewegungen und jetzt zu mir schauen, nein, nicht blinzeln, mach die Augen weit auf . . . Ja, und jetzt puste deine Geburtstagskerzen aus. Schön lächeln dabei.
Ich glaube, wenn Papi wissen will, wie ich als Kind wirklich war, muss er sich die Filme reinziehen. Aber es macht nichts, ich hab ihn trotzdem lieb.
Wenn ich in meinem nächsten Leben als Fisch wieder auf die Welt komme, werden meine Eltern natürlich nicht da sein. Frau Dohse, meine Biolehrerin, mit der ich über die

Wiedergeburt und so was rede, sagt ja, das sei alles vollkommen unerforscht, wie eine Wiedergeburt überhaupt vor sich geht. Ob es das wirklich gibt. Es gibt Religionen, in denen glaubt man ganz fest daran. Der Buddhismus zum Beispiel, er lebt sozusagen von der Idee, dass man mit jedem Leben dem Nirwana näher kommt, der ewigen Seligkeit.

Dass man sich vorarbeitet zum Glück, in jedem Leben ein bisschen mehr. Im indischen Glauben ist es ähnlich. Ob man als Tier oder als Mensch auf die Welt kommt, hängt von den guten oder schlechten Taten ab, die man im vorherigen Leben begangen hat. Das ist das Karma, das große Weltengehirn sozusagen.

Meine Mama findet es blöde, dass ich über Wiedergeburt und so was nachdenke. Wir leben im christlichen Glauben und der sagt, es gibt ein Leben und danach trittst du vor deinen Gott und er wird deine guten und deine schlechten Taten wiegen, und wenn du ein böser Mensch gewesen bist, kommst du in die Hölle, wenn du aber gut warst, darfst du im Himmel weiterleben. Oder wie immer man das dann nennt.

Mir kommt das mittelalterlich vor. Der Himmel – wo soll der sein? Zwischen den Flugbahnen der Flugzeuge? Und düst manchmal ein Satellit genau durch die Gegend, in der wir das Himmelreich vermuten? Und verursacht ein großes Gemetzel?

Der Himmel hat in unserer Vorstellung ja nur so lange Gott gehört, wie wir keine Flugzeuge und Spaceshuttles und so was gebaut haben. So lange wir keine Möglichkeit hatten, das Universum zu erforschen.

Jedenfalls glaube ich, dass alle Lebewesen eine Seele haben. Und ich glaube – aber nein, ehrlicherweise hat das meine Biolehrerin gesagt –, die Seele: Das ist wie eine Energie. Eine unsichtbare, unmessbare Energie. Bis heute jedenfalls haben wir nichts gefunden, womit wir die Seele messen und fühlen können. Aber ich weiß, dass es eine Seele gibt. Es ist der Teil des Körpers, der so wahnsinnig wehtut, wenn du traurig bist. Wenn jemand dich beleidigt oder ausgelacht hat. Es ist der Teil im Körper, der weinen kann, ohne dass du Tränen siehst. Und der dich zum Beispiel an schöne Dinge wie ein blaues Meer denken lässt, wenn eigentlich die Welt um dich herum gerade in Trümmer zerfällt, weil deine beste Freundin dich belogen hat, oder wenn solche Dinge passieren wie die, die ich gerade jetzt …

Aber nein, ich will nicht von den Schmerzen meiner Seele reden.

Ich will nicht. Ich will nicht. Ich hasse Benni, ich hasse Sonja und Carus sowieso. Carus ist ein widerlicher, aufgeblasener, eitler und brutaler Spinner. Der dreht jetzt völlig durch. Dass ich einen Jungen wie Carus mal geliebt habe, will mir überhaupt nicht mehr in den Sinn. Ich verstehe auch gar nicht, wieso ich seine Fotos noch nicht zerrissen habe oder die Seiten, die er in meinem Tagebuch vollgekritzelt hat.

Ja, so dämlich war ich mal: Ich hab Carus nicht nur mein Tagebuch lesen lassen, nein, er durfte mit seiner ekligen Klaue und seinen siffigen Filzstiften da sogar was reinschreiben!!!

Ich bin ein so blöder, riesiger Idiot.

Aber ich lass mich von denen nicht fertigmachen. Nein, nein!
Das habe ich mir geschworen. Wer bin ich denn, dass ich nachts zehn Papiertücher vollheule? Nur wegen dieser blöden Clique? Wegen diesen gehirnamputierten Schwachköpfen?
Als wenn die Welt nicht voller schöner Dinge wäre. Als wenn ich nicht wunderbar anders Spaß haben könnte. Ich müsste ein Hobby haben, das wäre es überhaupt. So was wie Bienen züchten oder Kieselsteine sammeln oder Tennis spielen. Ich könnte ja auch was Vernünftiges lernen, für mich selbst, nähen zum Beispiel. Ich kann ja nicht mal stricken. Meine Mutter hat früher, als sie zur Schule ging, dicke Norweger-Pullis (mit Muster!) in den Deutschstunden gestrickt. Das war damals erlaubt. Heute, glaube ich, würde Herr Paulsen mich hochkant rausschmeißen, wenn ich anfangen würde, die Maschen zu zählen, während er mir die tragische Liebe von Romeo und Julia erklären will. Aber mich interessiert die tragische Liebe von Romeo und Julia auch viel mehr als ein Strickmuster für einen Norweger-Pulli. Insofern bin ich ganz anders als meine Mama. Vielleicht wurde ich ja bei der Geburt vertauscht. Aber das war jetzt wirklich nur ein Scherz. Könnte ich durchstreichen. Aber ich lass es lieber stehen, weil es vielleicht einer der wenigen witzigen Sätze wird, die ich zustande kriege. Jedenfalls, wenn mein Zustand sich nicht in Kürze bessert.
Ich bin total schlecht drauf.
Ich seh aus wie das heulende Elend. Man könnte auch sagen: wie ausgekotzt.

Das muss anders werden. Ab sofort. Ich zwinge mich einfach, positiver zu denken, die blöden Typen zu vergessen, Carus sowieso. An Carus verschwende ich keinen einzigen Gedanken mehr. Wenn ich mir vorstelle, dass ich das ganze Geld, was ich mit Babysitten bei den Gerhards verdient habe, in sein Weihnachtsgeschenk investiert hab! Und die zwanzig Euro, die er sich von mir gepumpt hat, hab ich bis heute nicht wieder. Kurze Zeit später ist er ja das erste Mal mit Sophie aufgekreuzt, dieser Scheißkerl.

Im Grunde war nach den Weihnachtsferien schon alles kaputt. Da wollte ich es bloß nicht wahrhaben.

Ich möchte ein Fisch sein. Am liebsten sofort. Wieso kann man nicht, wenn man ein Mensch ist, zwischendurch mal kurz in einen Fisch verwandelt werden?

Nichts mehr sagen. Nur kleine Luftbläschen ausstoßen, die dann bis an die Wasseroberfläche steigen. Das ist alles.

Nichts hören. Das ist das Wichtigste. Nicht gezwungen sein, jeden Morgen in die Schule zu gehen, jeden Morgen diese Gesichter, diese Grimassen. Dieses Getuschel und Hinter-dem-Rücken-Geflüster. Oh, wie ich das hasse. Ich bin so krank davon.

Vielleicht gehe ich morgen einfach nicht in die Schule. Ja, ich bin krank. Ich hab was mit dem Magen. Vielleicht eine Fischvergiftung?

Jetzt bin ich vollkommen übergeschnappt!

Seitenlang schreib ich mir die Finger wund, dass ich gerne ein Fisch sein möchte, und denke mir nichts dabei, Fische zu essen.

Fische haben mir immer gut geschmeckt, besser als Fleisch.

Fleisch esse ich schon ziemlich lange nicht mehr, höchstens Hühnchen. Aber auch nicht mehr richtig gerne.
Ich werde auch keine Fische mehr essen. Nicht mal Heringe, obwohl es von denen Schwärme gibt, milliardenfach. Aber macht nichts. Jeder Hering ist ein einzelnes Wesen, das Gott liebt. Falls es einen Gott gibt. Jeder Hering könnte die Seele von einem guten Menschen sein.
Ich esse keine Fische mehr.
Mir ist also von was anderem schlecht.
Pommes. Zu fettes Öl, altes Öl, Schmieröl. Heute verkaufen sie einem ja jeden Dreck. Ich habe eine Schmierölvergiftung, bleibe morgen einfach im Bett. So, danke schön, das war hilfreich.
In der Grundschule hatten wir einen Lehrer, der hat immer gesagt: Wenn ihr traurig seid, schreibt es in euer Tagebuch. Dann geht es euch gleich besser.
Oben in meinen Schrank liegen vier Tagebücher à fünfhundert Seiten. Danach zu urteilen, muss es mir immer ziemlich schlecht gegangen sein. Aber es stehen auch witzige Seiten in den Tagebüchern. Später schreibe ich Kurzgeschichten und Romane, das habe ich mir fest vorgenommen. Ich glaube, ich habe viel Fantasie. Vielleicht schreibe ich als Erstes eine Kurzgeschichte über einen Fisch. Wie könnte der mal heißen? Karolus? Regenbogenfisch? Aber nein, Karolus, das klingt so ähnlich wie Carus und ein Buch vom Regenbogenfisch gibt es schon. Das ist ein Bilderbuch. Ich aber will einen richtig dicken Roman schreiben. Mir fehlt nur noch das Thema. Darüber habe ich neulich mit meiner Omi geredet.

»Omi, ich schreibe vielleicht bald einen Roman.«

»Oh Larita! (Omi sagt immer Larita zu mir.) Wie herrlich! Aber hast du dazu auch die Geduld?«

»Wieso? Braucht man zum Schreiben Geduld?«

»Na ja, es dauert, bis man einen Roman geschrieben hat.«

»Ich kann ja aufhören, wenn ich mich langweile.«

»Aber ein guter Roman, der muss so sein, dass man selber mit den Figuren, die man erfindet, mitfiebert. Das darf einen nicht langweilen. Was hast du denn für eine Vorstellung vom Bücherschreiben?«

»Vielleicht fang ich mit einer Kurzgeschichte an.«

»Das ist eine gute Idee. Hast du denn schon ein Thema?«

»Nein, aber ich weiß, dass mir was einfällt, wenn ich erst einmal anfange. Du hast auch immer gesagt, dir fällt etwas ein, wenn du eine Seite Papier in die Maschine spannst.«

Meine Omi ist Schriftstellerin. Sie hat schon vierzig Bücher geschrieben und Drehbücher fürs Fernsehen. Damit verdient sie ziemlich viel Geld. Sie ist von niemandem abhängig. Von keinem Mann, keinem Büro, sie hat überhaupt keinen Chef. Unterschreibt einen Vertrag, in dem steht, dass sie sich verpflichtet, innerhalb von zwölf Monaten einen Roman abzuliefern, und dann kann sie einen Stapel weißes Papier nehmen, eine elektrische Schreibmaschine, Farbbänder und sich in irgendeinem schönen Hotel irgendwo auf der Welt auf die Terrasse setzen und anfangen.

Ich würde so anfangen:

Ich möchte als Fisch geboren werden.

Ich werde Omi fragen, ob das ein guter erster Satz für eine Kurzgeschichte ist. Meine Omi sagt, es kommt immer auf den ersten Satz an. Wenn der erste Satz gut ist, dann willst du weiterlesen, dann willst du alles wissen über diese Leute in dem Roman. Bis zum Schluss. Zum bitteren Ende. Oder zum Happy End, je nachdem.

Ich wünsche mir für mein eigenes Leben jedenfalls ein Happy End. Aber noch besser wäre es, wenn jedes Lebens-Kapitel ein Happy End hätte. Wenn ich zum Beispiel einmal im Monat richtig glücklich wäre. Das wäre genial.

»Mama, ich möchte mit dir über meinen Geburtstag reden.«

»Oh Gott, ja. Das kommt ja auch wieder auf uns zu! Willst du etwa wieder hundert Leute einladen und hier die Bude auf den Kopf stellen?«

Hundert Leute! Die Übertreibung des Jahres!

Mama ist nervös. Sie ist eigentlich schon die ganze Zeit nervös. Seit sie diesen neuen Job hat, bei Hansen. Hansen ist das neue Einrichtungshaus in der Mehdornstraße. Die haben unheimlich teure Sachen, Kleinmöbel und Teppiche, Stühle, Beistelltische, solche Sachen. Keine Betten, keine großen Schränke, aber Sessel. Bei Hansen kostet ein Sessel so viel wie bei IKEA die Einrichtung für eine Dreizimmerwohnung, sagt Mama, und die Leute, die bei Hansen kaufen, sind alle dementsprechend arrogant. Und eingebildet. Manchmal machen sie die Verkäufer richtig fertig, bloß weil das Rot einer Gardine nicht haargenau zu dem Rot eines Aschenbechers passt.

Einmal hatte eine Kundin zu Mama gesagt: »Sie haben ja einen Geschmack wie eine Kuh.« Da war Mama so krank, dass sie drei Tage nur mit Bauchschmerzen in die Firma gegangen ist. Mein Papa sagt: »Du kündigst. Ich lass doch

nicht zu, dass meine Frau krank wird in ihrem Job. So nötig brauchen wir das Geld nun auch wieder nicht.«
Aber dann sagt Mama immer: »Irgendein Problem gibt's doch immer bei der Arbeit. Dafür habe ich jetzt nette Kollegen, die halten zu mir. Die wissen, wie komisch die Kunden sein können. Und wenn ein Kunde sich beschwert, dann halten alle zusammen, da kann der Chef überhaupt nichts machen.«
»Und trotzdem hast du Bauchschmerzen.«
»Das verstehst du nicht.«
»Okay«, sagt mein Papa dann, »wenn ich das nicht verstehe, dann können wir die Unterhaltung ja auch abbrechen. Was gibt es heute zum Abendbrot?«
Und alle beide sind beleidigt.
Mittags hat Mama zwei Stunden frei. Mittags zwischen ein und drei Uhr ist das Geschäft bei Hansen geschlossen. Deshalb essen wir immer zusammen Mittag und besprechen, was in der Schule abgelaufen ist und so. Klassenarbeiten oder wenn ich ein Referat halten muss. Das sind immer die ätzenden Tage, so ein Referat kann einem wie ein Stein im Magen liegen.
Aber im Augenblick liegt mir mein Geburtstag im Magen.
»Ich will nicht hundert Leute einladen, Mama. Außerdem waren es letztes Mal genau achtzehn.«
»Achtzehn verrückte Kinder in einer Dreizimmerwohnung.«
»Mama, wir waren den ganzen Nachmittag im Park. Übrigens ein super Picknick. Vielen Dank. Und außerdem ist man mit fünfzehn kein Kind mehr.«
Mama legt ihre Gabel weg, stützt den Kopf auf und schaut

mich an. Mama ist eine schöne Frau. Ich weiß nicht, wieso schöne Frauen wie Mama nicht ebenso schöne Töchter bekommen können.
Mama hat kastanienrote Naturlocken, Sommersprossen und eine ganz weiße Haut. Sie geht nie in die Sonne. Dafür ist ihre Haut viel zu empfindlich. Und sie benutzt einen ganz dunkelroten Lippenstift und zarten grünen Lidschatten. Ich finde Mama unheimlich schön. Leider seh ich total langweilig aus.
»Also«, sagt Mama, »du bedankst dich jetzt, vier Wochen vor deinem Geburtstag, für das Picknick von vor einem Jahr? Ein bisschen spät, oder?«
»Besser als gar nicht.«
Irgendwie, aber daran erinnere ich mich nicht mehr so genau, ist vielleicht bei meinem letzten Geburtstag schon etwas schiefgelaufen. Da hatte ich zum ersten Mal die Clique eingeladen. Es lag natürlich an den Jungen. Sobald du Jungen einlädst, verändert sich das Klima. Da sind die Mädchen nicht mehr so entspannt, alles verkrampft sich irgendwie und die Jungen ziehen ihre coole Show ab. Finden alles, was man sagt, bescheuert und lümmeln rum wie Typen in einem richtig schlechten Film, wo es immer irgendwie nur um Sex geht, obwohl das Wort Sex nie ausgesprochen wird. Aber die beömmeln sich schon, wenn einer eine Besenstange hochnimmt und zum anderen sagt: »Hey, ganz schön lang, was?« Da lachen die sich schlapp. Und die Mädchen fassen sich an den Kopf.
Es lag etwas in der Luft an diesem Geburtstag, aber man konnte es noch nicht richtig fassen, nicht richtig benennen.

Ich war so glücklich. Ich hatte tolle Geschenke bekommen (diesen Computer, an dem ich sitze), eine Pink-CD und ein unheimlich hübsches lila Top für einen Blümchen-Rock.
Alle Freunde waren gekommen. Noah mit einer Sonnenblume! Total süß. Sonja hat für mich ein Tiramisu gemacht, ganz allein – sie hat gesagt, ihre Mutter habe kein bisschen geholfen. Und auf dieses Tiramisu, oben auf das Kakaopulver, hat sie mit einer Spritze in Vanillecreme FÜR LARA gekrakelt.
Mann, haben wir reingehauen und nachher war uns schlecht.
Aber das kann auch an der kalten Pizza gelegen haben. Pizza muss heiß sein, aber wie kriegt man das alles hin?
Dörte hatte ihren Gettoblaster dabei und extra für meinen Geburtstag ein super Medley auf einer Kassette zusammengeschnitten. Die meisten Hits haben wir mitgegrölt. Und dann kam Carus auf die absolut wahnsinnige Idee, Blinde Kuh zu spielen, und das war so irre, weil wir durch den Park gerannt sind, immer vor einem her, der mit ausgestreckten Armen und zugebundenen Augen gegen die Bäume rannte. Und dann hat Sonja ihm einmal, als seine Augen verbunden waren, ihren Po hingestreckt. Und er hat gerufen: »Hey, was ist das??« Und wir haben gekreischt vor Lachen. Und wie er rot geworden ist, als wir gesagt haben, du, das war Sonjas Hintern.
Irgendwie alles total schön und ohne Hintergedanken und ich hab gedacht, oh Mann, so muss das Leben bleiben.
An dem Geburtstag war auch Paula dabei, die dann später in die Clique von Didi gegangen ist. Danach hatte ich kaum

noch Kontakt mit ihr. Oder Xavier, der Spanier, der konnte auf dem Kopf stehen und dabei aus der Zeitung vorlesen. Xavier ist danach, kurz nach meinem Geburtstag, mit seinen Eltern zurück nach Madrid gezogen. Schade. Vielleicht wäre alles ganz anders gekommen, wenn Leute wie Xavier oder Beate (die dicke Beate, die immer alle mit selbst gestrickten Mützen beglückte) in der Stadt geblieben wären. Beate ist nach Potsdam gezogen und auf eine andere Schule gekommen. Vielleicht strickt sie immer noch Mützen. Vielleicht hat sie uns alle längst vergessen. Und Xavier ist in eine Spanierin verliebt und die Sonne scheint ihm auf den Kopf. Hier regnet es in Strömen.

Mann, damals war ich vierzehn und richtig superglücklich. Ich kann's kaum fassen, wie schnell sich alles geändert hat. Jetzt steht wieder ein Geburtstag an und ich hab überhaupt keine Lust. Zu gar nichts. Ich fürchte mich richtig davor. Wieso kann man einen Geburtstag nicht einfach ausfallen lassen? Man wird doch jeden Tag älter. Wieso ist dann der eine Tag wichtiger als alle anderen?

Ich weiß nicht mal, was ich mir wünschen soll.

Ich schlurfe durch die Fußgängerzone, an all den Schaufenstern vorbei, ich seh die Klamotten und denke, na toll, aber ich brauch das nicht. Ich brauch gar nichts.

Ich rolle mich nachts in meine Decke und versuche, an nichts zu denken. Aber das ist unmöglich. Auch wenn man die Augen ganz fest zukneift und sich Watte in die Ohren stopft – der Kopf arbeitet weiter.

Letztes Jahr war auch Oskar noch auf meinem Geburtstag. Alle fanden es total okay, dass er dabei war. Und er hat sich gefreut. Und gelacht. Und ist immer von einem zum anderen und hat sich denen an den Hals gehängt. Und geholfen hat er. Die Limoflaschen zusammengeräumt (zuerst fanden es alle total okay, dass es nur Limo gab. Erst später fing irgendeiner an: Hey, wieso gibt es kein Bier? Auf einer anständigen Geburtstagsfete muss es Bier bis zum Abwinken geben.)

Oskar ist zehn und hat das Downsyndrom. Natürlich sieht man es ihm an. Sein Gesicht, die schmalen Augen und dass er nicht richtig deutlich sprechen kann. Seine Bewegungen geraten manchmal auch ein bisschen schief. Und dann fällt er hin. Aber er weint dann nie, er lacht sich selber aus und sagt: »Blöder Oskar.«

Oskar wohnt im Nachbarhaus.

Irgendwann haben seine Eltern mich gefragt, ob ich mal stundenweise auf ihn aufpassen kann. Weil Oskar sich immer sofort auf mich geworfen hat, wenn er mich sah. Und weil ich ihn auch so lieb fand, so sanft und so zärtlich irgendwie. Manchmal kommt es mir auch vor, als könne er verstehen, dass er anders ist. Und als wäre er darüber traurig. Das ergreift mich richtig, dass er in seinem Körper gefangen ist und dass es kein Mittel gibt, ihn zu befreien.

Jedenfalls hab ich ziemlich viel Geld verdient durch das Babysitten. Da war Oskar allerdings gar kein Baby mehr. Aber er konnte eben viele Sachen, die andere mit fünf können, überhaupt noch nicht. Alles geht nur mit viel Liebe und viel Geduld. Oskars Mutter sagt immer, ich sei begabt für so etwas. Sie meint, ich müsste unbedingt Abitur machen und nachher etwas studieren wie Medizin oder Psychologie. Aber ich weiß nicht. Im Augenblick sind meine Noten ziemlich im unteren Drittel und ich finde, dass Schule einen ganz schön nerven kann. Der Notenstress. Ich möchte mir das einfach noch offenhalten, ob ich Abi mache oder nicht. Es gibt so viele Dinge, die man lernen oder studieren kann. Medizin? Ach, ich weiß nicht. Kann mir das nicht vorstellen. Aber das sag ich Oskars Mama lieber nicht. Sie ist so beseelt von dem Gedanken, dass Leute wie die kleine Lara Weisskamp eines Tages etwas finden, das ihren Oskar gesund macht. Oder fit für diese Gesellschaft. Dass die Gesellschaft ihn respektiert, so wie er ist, und nicht Unmögliches verlangt.

Sonja hat neulich gesagt: Oskar, der Schizo. Ich bin fast ausgerastet. Oskar ist überhaupt kein Schizo. Eher ist sie schizophren. Eher ist die Gesellschaft daneben.

Ich finde es eigentlich todtraurig, dass, wenn ich jetzt an meinen Geburtstag denke, Oskar irgendwie keine Rolle dabei spielt. Weil ich weiß, dass er nicht akzeptiert wird. Und was mich am meisten ärgert: dass ich nichts dagegen unternehme. Mann, ich bin so schwach. Ich könnte mich ohrfeigen.

»Ich denke, wir wollen über deinen Geburtstag reden«, sagt Mama. Ich weiß auch nicht, was mit meinem Kopf ist. Er weicht immer ab. Meine Gedanken sind wie ein Zug, den man auf die Schienen setzt und der nachher auf dem falschen Bahnhof ankommt.

Also gut, mein Geburtstag: Ich habe am 8. Juni Geburtstag. Eigentlich der schönste Monat. Und meistens auch gutes Wetter. Berlin hat ja ein klasse Klima, besser als jede andere

Stadt in Deutschland. Man kann gut Picknicks und Grillabende und so was planen im Sommer, weil es meistens warm genug ist.

»Ich möchte überhaupt keine Party machen«, sage ich. »Wir können doch auch zu dritt was Tolles unternehmen. Papa, du und ich.«

Mama schaut dauernd auf die Uhr. Dabei ist es erst zwei. Sie steht auf, räumt die Teller zusammen.

»Lass das stehen, Mama, ich wasch ab.«

»Du brauchst es nur in die Spülmaschine zu stellen.«

»Weiß ich doch.«

Mama rennt rum, macht dies, macht jenes. Eine steile Falte hat sich auf ihrer Stirn gebildet.

Ist sie jetzt etwa nervös, weil ich mit meinen Eltern Geburtstag feiern will?

Plötzlich bleibt sie stehen. »Und wieso willst du keine Party machen?«

»Weil ich keine Lust habe.«

»Und wieso hast du keine Lust? Partys waren doch immer dein Leben!«

Jetzt muss ich die Augen verdrehen. Wie Mama immer übertreibt! Die fünf, sechs Partys, die ich bis jetzt in meinem Leben mitgemacht habe.

Unter Partys verstehe ich Feten, auf denen getanzt wird. Feten, wo die Eltern nicht dabei sind und aufpassen, dass man sich anständig benimmt. Das sind für mich Partys. Aber es ist total bekloppt, wenn man behauptet, Partys seien mein Leben. Ich finde es schön, klar, weil Tanzen mir Spaß macht. Aber sonst . . .

»Mama, du übertreibst!«
Mama setzt sich wieder hin, legt die Arme auf den Tisch, dreht ihre Armringe hin und her, schaut mich intensiv an.
»Willst du nicht mal deine engsten Freunde einladen?«
»Nein.«
»Sonja? Jackie? Carus? Benni? Was ist mit denen? Die laden dich doch auch immer zu ihrem Geburtstag ein.«
»Na und? Dieses Mal feier ich eben nicht. Und fertig. Ich möchte viel lieber mit euch was machen: Schön essen gehen oder vielleicht können wir Karten für ein Konzert oder fürs Theater oder so besorgen.«
Ich gehe um den Tisch herum, lege meiner Mama die Arme um die Schultern und küsse ihre schön shampoonierten, lockigen Haare. Mama lächelt. Sie lehnt sich zurück, streichelt meine Arme.
»Klar wär das schön, ich bin sicher, deinem Papa würde das auch gefallen. Wir haben nur immer gedacht, dass du deinen Geburtstag lieber mit deiner Clique feiern willst.«
»Dann hast du falsch gedacht.«
Mama dreht sich auf dem Stuhl zu mir herum. Unsere Augen sind sich jetzt ganz nah. Ich seh genau, wie die Wimperntusche die Wimpern an ihrem linken Auge verklebt hat und wo der Lidschatten etwas verrutscht ist. So nah sind wir uns.
»Was ist los, Lara?«, fragt Mama sanft.
Ich richte mich auf, gehe ans Fenster, schiebe die Gardine zurück und schaue hinaus.
»Irgendwas verheimlichst du mir«, sagt Mama. Sie tritt hinter mich, legt ihre Hände auf meine Schultern. »Wieso schaust du mich nicht an?«

Ich will etwas sagen, aber es geht nicht. Was soll ich auch sagen? Es ist alles viel zu kompliziert. Es ist so verworren, so traurig. Ich kann mit Mama nicht darüber reden. Mit meinem Papa schon gar nicht. Vielleicht am ehesten mit meiner Omi, aber die ist nicht da. Die fährt auf der EUROPA gerade über den Ozean. Ein großes weißes Schiff, das die Fische sich von unten ansehen, wie es durch die Meere fährt, wie die riesigen Schiffsschrauben sich drehen und das Wasser verwirbeln, wie eine schäumende Bugwelle neben dem Schiff herläuft, Tausende von Meilen über das Meer . . .

»Lara?«, sagt meine Mutter sanft.

Ich lächle. »Was?«

»Was ist los?«

»Nichts, gar nichts.«

»Unsinn. Ich spüre doch, dass du ein Problem hast. Mütter spüren so etwas immer.«

Ich lächle. Ich versuche, nicht zu blinzeln, wenn ich sie anschaue.

»Es ist wirklich nichts, Mama. Mir geht es gut.«

»Wirklich? Richtig gut?«

»Ja, Mama, richtig gut.«

Lügen sind was Wunderbares. Man kann mit ihnen die Leute einfach mundtot machen.

2. Kapitel

Sonja ist meine beste Freundin. Gewesen, müsste ich eigentlich sagen. Denn inzwischen sind wir ziemlich verkracht. Irreparabel! Noch vor einem halben Jahr wäre ich für Sonja durchs Feuer gegangen. Wir waren wie Schwestern, wie Zwillingsschwestern, selbst Mama, die Sonja unheimlich nett findet, hat manchmal gesagt: Ein bisschen übertreibt ihr mit eurer Liebe.

Mama hatte nie eine beste Freundin. Ich immer, solange ich zurückdenken kann. Vor Sonja war es Susi. Mit Susi war ich befreundet, bis ich aufs Gymnasium kam. Sie wohnte in der Utrechtstraße, das war nur zweimal um die Ecke von unserer Wohnung. Ich glaube, unsere Mütter haben uns schon zusammen in die Sandkiste gesteckt, im Tiergarten. Wir kannten uns jedenfalls, seit wir laufen konnten, sagte Mama. Entweder war Susi bei mir oder ich war bei Susi. Manchmal habe ich bei ihr zu Hause Abendbrot gegessen oder sie bei uns. Oft sind auch Susis Eltern bei uns gewesen. Sie haben Susi abholen wollen und sind dann geblieben und haben mit meinen Eltern noch einen Film angeguckt oder Rommé gespielt und dann sind Susi und ich zusammen eingeschlafen. Irgendwann haben ihre Eltern sie dann einfach aus meinem Bett genommen und ihr eine Decke übergelegt und sie nach Hause getragen. Susi ist nicht einmal davon aufgewacht. Sie hat sich auch nie gewundert, wenn sie bei mir einschlief und zu Hause aufwachte, genau wie ich. Ich kannte das Badezimmer bei Susis Eltern so genau wie unseres. Ich wusste, wie man in der Dusche den Duschkopf verstellt und dass man dem Kühlschrank immer einen Schubs geben musste, bevor die Tür aufging. Die hakte nämlich ein bisschen. Ich habe sogar der Katze Futter gegeben, wenn der Napf leer war, ganz automatisch.

Eigentlich hatte ich zwei Zuhause, Susi aber auch. Wir waren total gleichberechtigt. Unsere Eltern haben sogar abgesprochen, was sie uns schenkten. Damit es Weihnachten keine Dramen gab, wenn wir unsere Geschenke verglichen. Ich glaube, Susis Eltern hatten weniger Geld als wir. Susis Vater war eine ganze Weile arbeitslos. Eigentlich ist er Kürschner, er macht aus Pelzen Mäntel und so was. Irgendwie fies. Aber er hat mir erklärt, dass es ein ganz alter Beruf ist. Einer der ältesten Berufe der Welt, weil die Menschen früher ja alle ihre Kleider aus Tierfellen anfertigten. Und immerhin trage ich ja manchmal auch Lederschuhe und Ledergürtel und so was, aber trotzdem: Pelzmäntel finde ich fies.

Egal, Susis Vater ist total nett gewesen.

Aber dann hat er sich in eine andere Frau verliebt, ich glaube, eine Verkäuferin aus dem KaDeWe. Er hat sie ausgerechnet in der Spielzeugabteilung kennengelernt, als er für Susi Spielzeug kaufte. Und nachher hat er sich für diese Frau von Susis Mutter getrennt und von Susi irgendwie ja auch. Und die ganze Familie ist kaputtgegangen. Das war furchtbar. Susi sah aus wie ein Geist. Die hat immer nur geweint und ihre Mutter hatte einen Nervenzusammenbruch. Also, alles irgendwie ganz schrecklich. Das war in der Zeit, als die Aufnahmeprüfungen fürs Gymnasium stattfanden. Susi hat

nicht bestanden, was kein Wunder war bei dem Stress. Aber sie ist dann sowieso mit ihrer Mutter zu ihren Großeltern nach Iserlohn gezogen und wir haben uns eine Weile noch geschrieben, aber dann war ich auch abgelenkt durch die neue Schule, die neuen Lehrer, neue Freunde, wie das so ist. Irgendwann haben wir aufgehört. Heute, wo ich den Computer habe, würde ich ihr gerne mal eine E-Mail schicken. Einfach nur so: Hi, Susi, was machst du eigentlich? Aber ich habe keine E-Mail-Adresse von ihr. Und auch sonst keine Adresse. Ihre Mutter hatte einen neuen Mann kennengelernt und sie sind wohl noch mal umgezogen.
Aber ein Jahr später war ich dann mit Sonja ganz eng befreundet. Sonja muss man sich vorstellen wie einen Jungen in Mädchenkleidern. Sonja ist nicht wirklich hübsch, das kann man nicht sagen, aber Mama sagt immer, Sonja sieht so interessant aus. Die ist ein richtiger Typ, das wird bestimmt mal eine Frau, nach der sich alle Männer umdrehen. Vielleicht hat sie recht. Im Augenblick drehen sich die Jungen jedenfalls nicht nach ihr um. Und das macht sie ziemlich sauer. Ich bin ja auch nicht gerade eine Schönheit. Aber wenn ich mich in einen Jungen verknalle und erreichen möchte, dass er mich gut findet, dann schaffe ich das auch – jedenfalls früher oder später. Sonja schafft das aber nicht.
Irgendwas macht sie falsch. Mama sagt: Sie ist so burschikos. Mama sagt, Sonja ist der Typ, mit dem man Pferde stehlen kann. Als ich das Sonja mal erzählte, so zum Trost, weil sie gerade wieder unheimlichen Liebeskummer hatte, da sagte sie: »Bloß schade, dass es in Berlin so wenig Pferde gibt. Oder Jungs, die welche klauen wollen.«

Sonja kann witzig sein. Aber das mögen die Jungen auch nicht so gerne. Sie hat manchmal einen richtig scharfen Witz. Unsere Biolehrerin sagt: Sonja ist zynisch. Vielleicht liegt es daran, dass Sonja ein Adoptivkind ist. Sie wurde adoptiert, als sie vier war, und irgendwie, sagt sie, kann sie ihre richtigen Eltern nicht vergessen, obwohl sie die nicht kennt. Für mich ist das ein Widerspruch, aber Sonja behauptet, es ist eigentlich keiner. Ihre Adoptiveltern strengen sich jedenfalls unheimlich an, sie glücklich zu machen. Sie lesen ihr jeden Wunsch von den Lippen ab. Mama meint, das sei vielleicht auch nicht richtig. Sie verwöhnen Sonja so sehr, dass sie kein Maß mehr kennt. Dass sie alles für selbstverständlich hält.

Ich fand alles immer toll, was Sonja machte, was sie dachte, wie sie war. Bis vor einem Jahr. Da fing es an, dass Sonja immerzu etwas mit anderen machen wollte. »Mit was für anderen denn?«, habe ich immer gefragt.

»Na, weiß ich nicht, mit welchen aus der Klasse eben, mit mehreren. Ich finde es viel lustiger, wenn man in einer Gruppe was unternimmt. Wir öden uns doch bloß noch an, zu zweit.«

»Und was willst du unternehmen?« Ich war irgendwie sauer. Vielleicht war ich einfach eifersüchtig, das sagt mein Papa jedenfalls. Ich sei ein eifersüchtiger Typ. Ich möchte alle Leute immer für mich haben.

»Blödsinn machen«, sagte Sonja. »Irgendwas Verrücktes, Spaß haben eben.«

»Aber wir haben doch Spaß«, habe ich gesagt. Ich war irgendwie richtig enttäuscht. Sonja langweilte sich also mit mir. Sie hatte keine Lust mehr, in meinem Zimmer zu sein, sie fand es blöd, wenn wir uns gegenseitig unsere Tagebücher vorlasen. Das waren früher richtige Höhepunkte. Manchmal haben wir uns schlappgelacht über unsere eigene Traurigkeit. Weltschmerz, nannte Sonja das immer.

Ach ja, Lara und ihr Weltschmerz! Es stimmt ja, dass ich oft so Anwandlungen habe und über alles Mögliche nachdenke. Warum es so ungerecht zugeht auf der Welt, vierhundert Millionen Menschen können nachts nicht einschlafen vor Hunger, zehn Millionen Kinder auf der Welt haben nicht einmal ein Bett für sich alleine. Solche Zahlen machen mich krank. Oder die Bilder von den Hungerkatastrophen in Afrika, diese Kinder, die aussehen wie Gerippe, mit diesen riesengroßen Augen, die einen anschauen, als wollten sie sagen: Wieso bist du satt und ich nicht? Da könnte ich nächtelang heulen.

Sonja und ich hatten eine Weile auch ein gemeinsames Hobby. Das war, als wir unsere Kunst-Phase hatten. Da haben wir ganze Nachmittage Skizzenblöcke vollgemalt. Ich immer nackte Frauen und Sonja immer Häuser.

Damals hab ich gesagt: »Du wirst bestimmt mal Architektin.«

Und sie hat gesagt: »Du wirst Malerin, ganz klar. Oder Bildhauerin.«

Aber dann war die Phase irgendwie vorbei und wir bekamen unsere Fitness-Phase. Da haben wir nur streng nach unserem Diätplan gelebt und morgens vor der Schule waren wir joggen. Das hörte dann aber schlagartig an dem Tag auf, als draußen der Schneeregen runterging und die Straßen mit einer hauchdünnen Eisschicht bedeckt waren. Ich bin hingefallen, direkt vor dem Haus, und hab mir den Knöchel verstaucht.

Danach hatten wir die Kino-Phase. Kein Film, den wir nicht zusammen gesehen haben. Bis das Taschengeld alle war und wir uns irgendeinen Zeitvertreib ausdenken mussten, der nichts kostete.

Man kann die Nachmittage unheimlich gut mit solchen Träumereien verbringen. Wir haben auch neue Frisuren ausprobiert und Plastikperlen gekauft, aus denen wir uns gegenseitig Freundschaftsbänder gemacht haben, eine Zeit lang haben wir Collagen geklebt oder da gab es eine Phase, da haben wir Kreuzworträtsel gelöst. Aber die richtig schwierigen, im STERN zum Beispiel, nicht solche Sachen wie »Papagei mit drei Buchstaben«. Das hat Spaß gemacht, dazu haben wir Jasmintee getrunken und Räucherstäbchen angezündet. Im Winter haben wir zusammen Weihnachtskekse gebacken, Zimtsterne und Vanillekipferl, und die haben wir dann in uns reingeschaufelt und dazu Weihnachtstee getrunken. War alles supersuperschön. Manchmal haben wir Klamotten von meiner Mama angezogen, große Welt gespielt. Oder einen Schönheitstag eingelegt. Gurkenscheiben aufs Gesicht und grüne Strähnchen in die Haare. Meine Haare sind fast weißblond und Sonjas Haare so mittelblond, bei mir sah das Grün immer besonders pervers aus.

Und dann sind wir, nach so einem Schönheitstag, ins *Cockpit* gegangen, eine kleine Eisdiele bei uns um die Ecke. Und haben uns anglotzen lassen und frech zurückgeglotzt. War total komisch. Wir haben uns manchmal kringelig gelacht,

wenn von den alten Omis so Kommentare zu unserem Aussehen kamen wie »Die Mädchen laufen heute rum wie Vogelscheuchen!«.
Oder, ein beliebter Spruch war auch: »Warum die Mädchen sich heute immer so hässlich machen müssen. Ein Jammer.«
Unsere Clique gibt es genau seit zwölf Monaten. Bis auf Noah, Franzi und Jackie (eigentlich heißt sie Jacqueline) gehen wir alle in die 8b. Noah und Franzi gehen in die 8a. Aber wir haben zusammen Sport. Und Franzi ist in meiner AG. Wir wollen eine Homepage für die Schule erstellen. Ziemlich schwierig. Manchmal hab ich gar keine Lust mehr. Weil jeder irgendeine Idee hat und die ist immer genau das Gegenteil von meiner Idee. Mami sagt immer, wenn du keine Lust hast, dann mach es eben ohne Lust. Auf solche Sprüche kann ich auch gut verzichten.
Bevor wir die Clique gründeten, habe ich eigentlich nichts vermisst. Ich hab die anderen in der Klasse nie beneidet, wenn die sich schon gleich auf dem Schulhof zusammengerottet haben und im Pulk ins *Cockpit* gezogen sind. Oder zur Bushaltestelle, um da irgendwelchen Blödsinn zu machen. Am liebsten die Kleinen ärgern oder alte Omis erschrecken. Ich kenne einen Haufen Leute, die allein total nett sind, bloß wenn man sie zusammentut, dann entwickelt sich daraus ein Monster. So eins mit vielen Köpfen, wie heißt das noch mal? Leute in der Gruppe benehmen sich arschig. Da ist zum Beispiel die rote Rita, das ist ein Mädchen aus meiner Klasse, das schon zweimal sitzen geblieben ist. Rita ist schon sechzehn und sieht aus wie zwanzig. Kommt immer total geschminkt und gestylt in die Schule, auf Schuhen, in denen sie kaum ge-

hen kann, und mit Miniröcken, die so kurz sind, dass man ihren Slip sieht, wenn sie sich nach einem Radiergummi bückt. Komischerweise fällt ja gerade solchen Mädchen der Radiergummi immerzu runter. Besonders in der Mathestunde. Unser Mathelehrer ist der Star an unserer Schule. Sieht aus wie Robert Pattinson. Hat immer so ein lustiges Grinsen im Gesicht. Nie schlechte Laune. Und kennt jeden angesagten Film. Ich glaube, der hockt mehr im Kino als vor den Hausaufgaben. Das macht ihn wirklich irgendwie sympathisch. Aber ich hab seinetwegen noch nie meinen Radiergummi auf den Boden geworfen.

Ritas Clique ist das Letzte. Da ist keiner dabei, mit dem ich freiwillig einen halben Nachmittag verbringen würde. Wirklich keiner. Aber die würden wahrscheinlich auch keinen halben Nachmittag mit mir verbringen.

In Ritas Clique geht es bloß ums Äußerliche. Eigentlich nicht mal so sehr um das Gesicht oder die Figur als darum, welche Klamotten man trägt.

Rita und ihre Clique stehen auf dem Schulhof oder lümmeln an Straßenecken rum und checken jeden ab, der vorbeigeht. Die Frisur, die Jacke, die Hose, die Schuhe. Alles kommt dran. Wenn die Sachen kein angesagtes Label haben oder gerade nicht in sind und mindestens fünfzig Euro kosten, dann kommen die Bemerkungen: abfällig, hämisch. Die denken sich richtig fiese Sachen aus, die sie den Leuten sagen. Einmal haben sie Tobias aus der siebten Klasse gefragt, ob er die Klamotten, die er immer trägt, seinem Opa aus dem Sarg geklaut hat. Nee, hat der gesagt und verlegen gegrinst, wieso?

Weil sie so gruftmäßig aussehen, hat Rita gesagt.
Und nach Moder stinken, hat Vera hinzugefügt. Und dann haben sie sich totgelacht, auch wenn ich beim besten Willen nicht erkennen konnte, was daran lustig war. Bloß Tobias, das ist so ein ganz Empfindlicher, der ist feuerrot geworden und weggelaufen. Und am nächsten Tag, als ich ihn trösten wollte, hab ich ihn nirgends entdeckt. Jemand hat dann gesagt, Tobias sei krank.
Es gibt einen Haufen Leute, die keinen Bock mehr auf Schule haben, bloß weil sie von Hirnamputierten wie Rita und ihrer Clique fertiggemacht werden. Wegen Klamotten. Oder weil ihre Eltern einfach nicht so viel Geld haben. Vor Ritas Clique musst du dich dafür entschuldigen, dass deine Mutter arbeitslos ist und Sozialhilfe bekommt. Oder besser: Du musst es verschweigen. Sonst machen sie dich deswegen fertig. Das Einzige, was zählt, ist das Geld, das die Eltern haben, oder die Höhe des Taschengeldes. Irgendwie ätzend. Ich würde niemals in Ritas Clique wollen, abgesehen davon, dass ich nicht solche Klamotten habe, die vor Ritas Augen Gnade finden.
In unserer Klasse gibt es zwei richtige Cliquen. Also Gruppen, von denen jeder weiß, wer dazugehört und wer nicht. Mir ging's gut, als Sonja und ich noch nicht zu einer Gruppe gehörten und einfach nur Freundinnen waren. Das fällt mir jetzt so richtig auf, dass ich mich früher viel wohler gefühlt habe.
Wie kompliziert das alles geworden ist! Ich mag nicht daran denken.

3. Kapitel

Ich erinnere mich noch genau, als Sonja plötzlich sagte: »Hey, willst du wissen, wo Benni, Carus und die anderen sich heute rumtreiben?«
Ich wusste es natürlich nicht. Carus und Benni, das sind die beiden Jungen aus unserer Klasse, die immer eine große Klappe haben. Nur wenn sie mal auf eine Frage im Unterricht antworten sollen, dann fällt ihnen nichts ein. Benni und Carus sind beide super in Sport, das bringt sowieso schon mal Pluspunkte. Außerdem, das muss man neidlos zugeben, sehen sie ziemlich gut aus. Carus hat in seinem Leben – er ist im Januar fünfzehn geworden – noch nicht einen einzigen Pickel gehabt. Wahrscheinlich kriegt er jetzt auch keinen mehr. Er sagt, das sei Veranlagung. Und außerdem eine Frage der Körperpflege. Carus hat auch jeden Morgen frisch gewaschene Haare und er geht zu MODS Hair, einem richtig teuren Friseur in der Leibnitzstraße. Schicke Klamotten trägt er auch. Also, kapiert, warum alle Mädchen scharf auf Carus sind? Ich eingeschlossen.
Benni ist eher ein dunkler Typ. Schwarze Haare, Augen wie Kohle und ganz dünn, drahtig, oder sehnig, wie Mama immer sagt. Das ist so ein sehniger Bursche, der Benni, sagt sie immer. Ich muss dann jedes Mal lachen, weiß selbst nicht genau, warum.
Wie gesagt, als Sonja an diesem 13. Mai sagte: »Willst du wissen, was Benni und Carus und die anderen heute machen?«, wollte ich es natürlich doch ziemlich dringend

wissen, denn ich war heimlich in Carus verknallt. Oder vielleicht in Benni, ich hatte mich noch nicht festgelegt, und ich glaube, Sonja ging es genauso. Carus war zu der Zeit mit Jasmin zusammen, einem Mädchen aus der Parallelklasse, und Benni hatte gerade mit Dörte Schluss gemacht oder Dörte mit ihm, so genau hat das keiner rausgekriegt. Wenn ein Junge und ein Mädchen eine Weile miteinander gegangen sind und die ganze Klasse das weiß, die ganze Schule quasi, wenn die während der Pausen und vor der Schule und auf dem Nachhauseweg immer aneinanderkleben wie Patex, wenn sie hinten auf seinem Gepäckträger sitzt und er ihr die Zigarette anzündet und sie ihr dann zwischen die Lippen steckt, sodass die ganze Schule das beobachten kann, dann sonnen diese beiden sich natürlich in dem Gefühl, von allen beneidet zu werden. Wegen dieser großen Liebe und all der Gefühle, die wir anderen, weil wir zu klein oder zu hässlich oder zu blöd sind, natürlich noch nicht kennen. Und wenn es dann vorbei ist, dann ist einer angeschmiert. Klar. Einer ist traurig und enttäuscht und hat Liebeskummer und so. Aber keiner von beiden will das sein. Deshalb sagt jeder: »Also, ich hab Schluss gemacht. Ich hatte einfach keinen Bock mehr.« Der Junge erzählt es seinen Freunden und das Mädchen erzählt es so oder ähnlich seinen Freundinnen. Und keiner weiß so richtig, wie es wirklich war, bis zu dem Moment, wo einer von den beiden einen Neuen (oder eine Neue) hat.

Zwischen Benni und Dörte war es jedenfalls aus. Falls Dörte nachts in ihr Kopfkissen geheult hat, sah man es am

nächsten Morgen jedenfalls nicht. Sie lief immer mit hoch erhobenem Kopf herum und einem überlegenen Lächeln.
Jetzt also saßen Sonja und ich in meinem Zimmer und guckten uns Modezeitschriften an und überlegten, ob Sonja sich die Haare wachsen lassen sollte (weil sie das irgendwie weiblicher machen würde, fand ich), da sagte sie: »Willst du wissen, wo Carus und Benni und die heute rumhängen? Im *Flohzirkus*.«
Und ich darauf: »Na und? Lass sie doch.«
Ich wollte cool sein. Nicht zeigen, dass ich wahnsinnig gerne auch dahin gehen würde. Aber Sonja wusste, dass ich Carus ziemlich gut fand zu der Zeit. Und Sonja war in Benni verliebt. Ohne dass die beiden davon eine Ahnung hatten. Wir waren damals – wie man so schön sagt – noch im Zustand der Unschuld.
Oh Mann, ist noch nicht lange her und doch eine Ewigkeit. Am einen Tag knutschst du noch deinen Teddy ab und am nächsten Tag träumst du davon, dass ein bestimmter Junge dich küsst. Oder du ihn. Jemand wie Carus.
Und daraus entsteht so ein Sog. Wie ein Magnet zieht es dich an den Ort, wo dieser Typ zu finden ist. Wie ein Sog. Einfach bescheuert.
»Da steigt nämlich heute eine Party«, sagte Sonja, »arrangiert von den Typen aus der Gerhoff-Schule.«
Der *Flohzirkus* war ein neuer Jugendklub in der Zeppelinstraße. Das Haus hatte jahrelang leer gestanden und war ziemlich heruntergekommen. Und weil man es wohl nicht mehr vermieten konnte, hat man eben einen Jugendklub daraus gemacht. Meine Eltern wollten eigentlich nicht, dass

ich in den *Flohzirkus* ging. Papa meinte, dort würde vielleicht mit Drogen gedealt. Dabei liefen da jede Menge Sozialarbeiter rum.
Meine Eltern waren unterwegs. Sie hatten mir nicht einmal gesagt, wohin sie gegangen sind. Oder ich hatte nicht zugehört. Oder es sofort wieder vergessen. Jedenfalls waren sie nicht da und es gab also niemanden, der mir irgendetwas verbieten konnte. Außerdem wollte ich sowieso höchstens ganz kurz reingucken. Nur mal so die Atmosphäre schnuppern. Vielleicht hatte Mami ja recht, wenn sie sagte: Jugendklubs, das ist nichts für Mädchen wie dich. Du hast ein Zuhause, in dem du dich wohlfühlen kannst. Alle deine Freunde können zu uns kommen, du hast dein eigenes Zimmer, deinen eigenen Fernseher, deine Musikanlage. Jugendklubs, sagte Mami, sind für Jugendliche, die kein wirkliches Zuhause haben. Die auf der Straße leben. Die sich mit ihren Eltern nicht verstehen. Oder deren Eltern irgendein Problem haben. All das trifft ja auf dich nicht zu. Und ich hörte mir das an und dachte, ach Mami, ist ja gut. Kann ja alles sein. Aber wieso darf ich mir nicht selber eine Meinung bilden? Und wieso gehen Benni und Noah in den *Flohzirkus*? Die haben auch Eltern, mit denen sie sich verstehen, und einen eigenen Fernseher und ein eigenes Zimmer. Und wieso ist es für Sonja kein Problem, wenn sie in den *Flohzirkus* möchte? Wieso steh nur ich da wie ein kleines, dummes Mädchen, das immer sagen muss: Tut mir leid, meine Eltern erlauben das nicht?
Ich hab mich da so richtig reingesteigert, innerlich. Sonja bekam davon nichts mit. Die tütelte mit ihren Haaren rum

und trällerte irgendeinen Hit. Bis ich plötzlich sagte: »Auf geht's, lahme Ente.«

»Wohin?«, fragte Sonja.

»Flohzirkus.«

»Echt?«, schrie Sonja. »Und deine Eltern? Ich denke, die erlauben das nicht.« Ich hab nur mit den Schultern gezuckt und gesagt: »Sie sind lernfähig. Außerdem: Da müssen sie durch.«

Sonja hat gegrinst. »Du bist cool«, hat sie gesagt und mich geküsst. Und ich hab mich gefühlt, als wenn ich irgendwie doch das Zeug zur großen Heldin hätte.

Wir haben uns also kurz umgezogen (Jeans und Schlabber-T-Shirts, weil man im *Flohzirkus* cool aussehen muss). Und schön viel Make-up.

Wenn ich damals gewusst hätte, was ich heute weiß, wäre ich schön auf meiner Patchworkdecke liegen geblieben, hätte mir eine blöde Fernseh-Talkshow nach der anderen reingezogen und wäre jetzt ein glücklicher Mensch.

Weil ich damals aber nicht wusste, was ich heute weiß, habe ich mir die Lippen angemalt, mich cool angezogen und bin los. Sozusagen im Schlepptau von Sonja, die gar nicht schnell genug hinkommen konnte. Wir sind die ganze Strecke gerannt, gehüpft, geschlittert (auf einem Ölfleck). Und wir haben gekichert wie die Blöden und allen möglichen Quatsch gemacht. So richtig kann ich mich nicht mehr erinnern, ich weiß nur noch, dass der Hinweg das Lustigste von allem war.

Das ist das Geheimnis des Verbotenen: Es reizt viel mehr als Sachen, die erlaubt sind.

Wir mussten jede fünf Euro Eintritt zahlen. Darauf war ich nicht vorbereitet. Ich hatte überhaupt kein Geld mit. Blöd von mir. Aber Sonja hat erst mal für mich ausgelegt. Was wir nicht wussten: dass es mit dem Geldausgeben immer so weitergehen würde. Jede Limo und jede Cola zwei Euro, ein Wasser eins fünfzig. Die Musik kam vom Band und die Typen aus der Gerhoff-Gesamtschule standen an der Theke rum und machten auf cool.

Carus stand zufällig neben dem Klo. Dorthin wollte ich, weil ich bei solchen Anlässen immer erst mal eine halbe Stunde aufs Klo ging, um meine Verlegenheit zu überbrücken. Auf dem Klo akklimatisierte ich mich auf solchen Partys. Da hörte ich mir an, was die Mädchen vor den Spiegeln alles so erzählen, und dann wusste ich ungefähr, was Sache war.

Aber Carus ließ mich nicht aufs Klo. Er grinste und sagte: »Tut mir leid, Lara-Maus, besetzt.«

»Hey«, sagte ich, »ich will aufs Mädchen-Klo, du Spinner.«

»Das ist auch besetzt.«

»Und wieso?«

»Weil es so ist.« Er schaute auf die Uhr, die er immer mit dem Zifferblatt an der Innenseite des Unterarms trägt. Das findet er cool und ich fand es auch ziemlich lange sehr cool.

»Genau eine Viertelstunde.«

»Reparieren die da was?«, fragte ich.

Carus grinste. Er beugte sich vor und küsste mich. Aber vorher schaute er noch schnell zur Seite, ob er auch genug Publikum hatte.

»Reparieren ist genau das richtige Wort, Lara-Maus.«

Ich zuckte bloß mit den Achseln, ich wollte mich mit Carus nicht anlegen. Denn wie gesagt: Alle Mädchen waren in ihn verknallt und ich war es schließlich auch.
»Ich bin nicht deine Maus«, sagte ich.
Er erwischte meine Hand und hielt sie fest, als ich mir gerade irgendwie aus Verlegenheit die Haare aus dem Gesicht streichen wollte. »Was nicht ist, kann ja noch werden«, sagte er. Sehr bedeutungsvoll. Da hatte er mich auf dem falschen Fuß erwischt.
Ich drehte mich um und schaute ihn an. »Was?«, fragte ich. Ich muss ziemlich blöd ausgesehen haben. Man sieht ja meistens ziemlich blöd aus, wenn man eine Situation nicht richtig einschätzen kann. »Was war das eben?«
Carus grinste. »Nichts, gar nichts.«
Dabei weiß ich genau, dass er das gesagt hatte: »Was nicht ist, kann ja noch werden.«
»Also, du hast nichts gesagt«, sagte ich. Etwas Schlaueres fiel mir nicht ein.
Carus nickte. »Richtig. Ich habe gesagt, dass ich nichts gesagt habe.«
»Und vorher?«, fragte ich.
»Da habe ich gesagt, in einer Viertelstunde kannst du rein. Falls du es noch so lange aushältst.« Und er grinste.
Und ich sagte einfach das, was man in so einem Augenblick einfach sagen muss: »Du bist ein richtiger Idiot.«
Und darauf er: »Das ist nichts Neues.« Und da mussten wir beide endlich lachen, das befreit dann richtig. Carus fragte mich, ob ich eine Cola wollte oder lieber eine Limo, und ich habe gesagt, es ist mir egal, und dann hat er zwei Cola be-

sorgt. Und als ich gerade den Strohhalm in die Öffnung stecken wollte, war natürlich Sonja da, schmiegte sich an mich und machte Carus Kulleraugen und sagte zu mir »oooh, du hast ja schon was zu trinken. Und ich denke, du hast kein Geld.« Und wieder ein Schmachtblick.
Da musste ich sagen, dass Carus mir die Cola spendiert hatte, und ich merkte, dass Sonja total eifersüchtig war, aber es nicht zeigen wollte. Sie kicherte nur völlig verkrampft los und alles war irgendwie total daneben. So daneben, dass ich mich einfach umgedreht hab und weggegangen bin. Natürlich habe ich hinten keine Augen und umdrehen wollte ich mich um keinen Preis, aber ich wette, dass Sonja die ganze Zeit um Carus herumscharwenzelte und versucht hat, aus seiner Coladose zu trinken – sieht ja auch immer so niedlich aus, ein geschminktes Schmollmündchen mit Strohhalm.
An dem Tag im *Flohzirkus* wurde mir jedenfalls klar, dass Sonja nicht nur meine Freundin ist, sondern auch meine Rivalin. Dass sie alles haben möchte, was ich habe.
Eigentlich möchte jeder von der ganzen Welt geliebt werden. Ich möchte zum Beispiel gerne einen Roman schreiben, der alle total verblüfft. Sodass sie denken: Die ist ja interessant. Und lustig ist die. Nett. Und klug. Und alles zusammen. Das möchte ich gerne. Aber andererseits denke ich: Man muss auch ehrlich sein. Ich kann doch nicht hier so verlogenes Zeug hinschreiben, nur damit der Leser denkt: Die ist aber toll.
Bin ich aber nicht. Jedenfalls nicht so toll, wie ich gerne wäre. Aber das hängt ja auch nicht nur alleine von einem selber ab. Ich reagiere auf das, was ich erlebe. Auf meine Umwelt,

meine Eltern, meine Freunde, meine Lehrer. Aber vielleicht reagiere ich falsch, kann schon sein, und deshalb passiert es, dass ich fiese Sachen sage und sie gar nicht so meine.
Es hat Sonja jedenfalls nichts genützt, dieses Ranschmeißen an Carus, denn fünf Minuten später stand er schon wieder neben mir. Fragte mich, ob die Cola nicht zu warm sei.
»Willst du mir eine kältere kaufen?«, fragte ich. Das war natürlich ein Witz. Aber er schaute mich bloß an und sagte: »Wenn du willst, kein Thema. Aber ich kann dir auch einen Eiswürfel besorgen, zum Lutschen. Das ist richtig schön kalt.«
An diesem 13. Mai jedenfalls sagte Carus, dass er mit dem Gedanken spiele, eine richtige Clique zu gründen.
Ich hab das am Anfang nicht kapiert, weil ich immer dachte, eine Clique, die entsteht von alleine, das entwickelt sich irgendwie. Aber er fand das offenbar nicht. Er sagte, dass es ihn total nerve, dass es überall nur feste Cliquen gäbe und dass man überhaupt keine Chance habe, in so eine Clique reinzukommen (ausgerechnet er sagte so was!!!!!), und dass es doch viel besser sei, wenn man sich die Leute selber zusammensucht. Dann passt es.
»Und nach was für einem Prinzip willst du da vorgehen?«, fragte ich. Und er darauf: »Ich geh einfach danach, wen ich nett finde. Wen ich gern um mich hätte. Und in der Hoffnung, dass die anderen mich auch gern um sich haben. Das muss man halt austesten.«
Irgendwie hatte ich da schon einen ziemlich heißen Kopf, weil ich dachte: Hoffentlich fragt er mich! Andererseits war es so gut wie unmöglich, ich hatte mit Carus außer über

Mathearbeit und Englischvokabeln eigentlich nie irgendwas geredet. Ich kannte ihn gar nicht. Ich wusste nur, dass ich ihn gut fand. Aber das war nicht sensationell, denn achtzig Prozent der Mädchen in den siebten und achten Klassen fanden ihn super.

Ich lächelte also nur und sagte »aha«. Ich dachte, mit so einem lässigen freundlichen »aha« kann man nicht viel falsch machen.

Carus sagte: »Hey, da ist ja Noah! Mann, auf den hab ich gewartet!« Und er war weg.

Und ich dachte: auch gut. Und hab die Coladose an mein heißes Gesicht gehalten und gewartet, dass mein Herz wieder langsamer schlug. Dann bin ich aufs Klo. Da konnte ich nichts Besonderes entdecken, von wegen Reparatur oder so. Aber egal.

Sonja und Jackie tanzten zusammen, als ich zurückkam. Die zogen eine echt gute Show ab. Alle Leute stellten sich im Kreis hin und klatschten.

Jackie kommt aus Costa Rica. Die hat die Musik sozusagen im Blut. Unglaublich, wie die sich bewegen kann. Beim Tanzen. So total geschmeidig und elegant und athletisch. Wie eine Kobraschlange, sage ich immer. Das fasziniert mich total, als wenn sie biegsame Knochen hätte. Dabei ist sie in Leichtathletik ganz schlecht. Werfen kann sie eigentlich überhaupt nicht. Und zu Weitsprung und so was hat sie nie Lust. Die einzige Sportart, die sie liebt, ist Tanzen.

Ich denke mal, dass sich Sonja, als Jackie zu tanzen anfing, einfach dazugestellt und mitgemacht hat, damit sie auch was von der Aufmerksamkeit abbekommt. Aber das ist ja in

Ordnung. Wir fanden es alle ziemlich gut, eine richtige Show war das. Besonders von Jackie.
Als es zu Ende war, gab es rauschenden Beifall. Am lautesten klatschte Carus. Was mir einen Stich gab. Aber auch Noah, der neben Carus im Durchgang zum Billardzimmer lehnte, brüllte irgendwas wie »Macht doch weiter. Ist doch cool!«.
Und Sonja gefiel die ganze Aufmerksamkeit.
Und sie kam zu mir, fragte nur, ob sie sich meinen Lipgloss ausleihen könnte und ob ich gesehen hätte, wie sie getanzt hat. Klar, hab ich gesagt, ich stand doch hier.
»Und wie war ich?«, fragte sie. Als wenn sie das nicht gewusst hätte!
Damals hat unsere Freundschaft vielleicht einen Knacks bekommen. Nur wegen dieser blöden Jungs. Nur weil man die Beste oder Schönste oder Beliebteste oder was auch immer sein will. Wenn ich jetzt so über die Anfänge nachdenke, scheint es mir, als wenn die Clique Sonja und mich gar nicht auseinandergebracht hat. Das war schon alles irgendwie vorher da. Es brauchte nur noch einen äußeren Anlass.
Als hätten wir nur darauf gewartet, dass irgendwas Neues anfängt. Irgendwas Aufregendes. Etwas, das mit erwachsen werden zu tun hat.
Die Zeit, in der wir zusammen unsere Barbiepuppen als Models auf den Laufsteg geschickt hatten, war vorbei. Ziemlich endgültig und ziemlich abrupt.
Aber das war nicht die Schuld von Carus oder Benni.
Vielleicht ist es eben so, wenn man den Dingen ihren Lauf lässt. Man müsste ja nicht, man könnte sich ja auch dagegen-

stellen, wie gegen einen Sturm, der einen anbläst. Aber das habe ich nicht getan.

Ich war geschockt von dem Applaus, den Sonja bekommen hatte, und fasziniert davon, wie die Jungen Jackie umschwirrten. Und noch mehr geschockt darüber, dass ich auf beide eifersüchtig war. Ich wollte nie eifersüchtig sein! Ich hab immer allen alles gegönnt. Aber da, im *Flohzirkus,* kam ich mir plötzlich so plump und unförmig vor – wie ein hässliches graues Entlein. Früher hat man Mauerblümchen gesagt, finde ich ganz passend. Man kommt sich so grau vor wie eine Wand. Man passt sich der Wandfarbe so an, dass man gar nicht mehr wahrgenommen wird. Und bemitleidet sich ganz schrecklich. Ich hatte eine furchtbar trockene Kehle. Und feuchte Hände, richtig fiese feuchte Hände, sodass ich zu allem Überfluss auch noch dachte, hoffentlich muss ich jetzt niemanden anfassen.

Und ich war mir ganz sicher: Ich kann nichts. Nichts, womit ich irgendwann mal die Aufmerksamkeit auf mich ziehen könnte. Ich bin eine blöde, lahme, durchschnittliche Kuh.

Genau als ich das dachte, fühlte ich, dass jemand mich ansah. Ich drehte mich langsam um. Und schaute direkt in Carus' Augen. Und er lächelte. Und da lächelte ich auch.

Und so ist es eben gekommen, dass ich am 13. Mai, abends, in mein Tagebuch geschrieben hab: »Hilfe, ich bin verliebt!«

4. Kapitel

Ich war einmal mit Carus im Kino (in so einem Science-Fiction-Film, von dem ich nichts verstanden hab, weil Carus immerzu an mir rumfummelte und mich das total aufgeregt hat) und einmal im *Cockpit*. Beide Male hat er für mich bezahlt. Wenn man noch die Colas dazuzählt, die er im *Flohzirkus* für mich ausgegeben hat, kommen vielleicht, sagen wir mal, fünfundzwanzig Euro zusammen.

Ziemlich viel Geld für jemanden, der so wenig Taschengeld kriegt wie ich. Aber auch wieder nicht so viel, dass man deswegen einen Kniefall machen muss.

An dem Abend nach dem Kino hat er mich nach Hause gebracht. Hat sein Rennrad geschoben, was ich gut fand. Manche Jungs steigen ja nicht aus dem Sattel, wenn sie ein Mädchen begleiten. Wir haben über das Universum geredet und wo das wohl aufhört oder wie es ist, wenn es überhaupt nicht aufhört, wie man sich Unendlichkeit vorstellen kann.

»Ich kann mir das ziemlich gut vorstellen«, hab ich gesagt.

»Unendlichkeit kann man sich gar nicht vorstellen«, meinte Carus, »das geht über das menschliche Fassungsvermögen hinaus.«

»Ich versuch ja auch nicht, es mir mit meinen Gehirnzellen vorzustellen.«

Carus starrte mich an. »Womit denn?«

»Na ja, mit der Seele vielleicht?«

Carus kriegte einen Anfall. Erst hustete er, dann kickste er,

dann lachte er, schüttelte den Kopf und schlug mit den Fäusten auf die Lenkstange seines Rennrades. »Hey, Lara Weisskamp hat eine Seele mit Augen. Lara Weisskamps Seele muss man sich ungefähr wie ein kleines Kaninchen vorstellen.«
Ich fand ihn blöd. Er kriegte sich gar nicht mehr ein. Keine Ahnung, wieso er gerade auf Kaninchen kam .
»Nicht wie ein Kaninchen«, hab ich deshalb gesagt, »sondern wie ein Korallenfisch. Meine Seele sieht aus wie ein Korallenfisch.«
Das haute Carus dann endgültig um, dass ich das mit dem Kaninchen nicht irgendwie lustig gefunden, sondern ernst genommen hab.
Er blieb mit mir vor so einem Schaufenster stehen, in dem elektrische Geräte von supergrellen Neonlampen bestrahlt wurden. Er starrte mich an.
»Bist du sicher, dass du nicht irgendwie krank bist?«
»Total sicher«, habe ich gesagt. »Aber wenn du irgendein Problem mit mir hast: Da ist dein Fahrrad. Wieso bist du nicht längst weg?«
Mir war zum Heulen in dem Moment. Ich weiß nicht, warum Stimmungen so schnell umkippen können. Gerade waren wir noch ganz verliebt gewesen. Er hatte seine Hand in meinen Nacken gelegt und mich ein bisschen gekrault und ich hatte den Kopf zurückgelegt, damit meine Nackenhaare seine Hand kitzeln. Und das war toll gewesen. Wir hatten über das Universum geredet und ich hatte noch gedacht: Hey, mit dem Typen kann man ja richtig gut quatschen! Und dann das. Der totale Absturz. Lara Weisskamps Seele sieht aus wie ein Kaninchen.

Oh mein Gott! Wo sind wir eigentlich?
Ich hab ihn einfach stehen gelassen und bin losgerannt, damit er nicht sehen konnte, wie mir die Tränen runterliefen. Ich weine nicht oft, aber wenn die Dämme einmal brechen, dann weine ich auch noch gleich für dreimal mit, wo ich mir die Tränen verkniffen hab. Das mach ich dann gleich in einem Aufwasch und meine Augen sind ein Meer von Tränen und ich fühl mich wie der personifizierte Weltschmerz.
Was ich nicht wusste: dass Carus auf seinem blöden, lautlosen Rennrad die ganze Zeit hinter mir hergekurvt ist.
Plötzlich war er wieder neben mir.
Ganz ernst. »Hey«, sagte er, »noch sauer?«
Ich hab mir meine Haare vors Gesicht geschüttelt und »nein« oder »weiß nicht« gemurmelt. Und verzweifelt in meiner Jackentasche nach einem Fitzel Papiertaschentuch gesucht. Und dann hab ich heftig geschnäuzt und Carus hat getan, als hätte ich eine Pollenallergie oder so, das fand ich wieder nett. Und dann hat er sein Rad an eine Mauer gelehnt und mich einfach in den Arm genommen. Er war dabei überhaupt nicht verlegen und ich auch nicht. Und dann haben wir uns geküsst. Ziemlich lange. Die Augen hatte er die ganze Zeit zu. Das weiß ich, weil ich meine nicht zugemacht habe. Ich wollte sehen, ob er sich auch konzentriert. Das hat er. Als er mich losließ, hab ich schnell die Augen geschlossen. Und dann haben wir uns an den Händen gefasst, und das war der echt schönste Augenblick, den ich bis dahin mit einem Jungen erlebt hatte. Und ich dachte ungefähr: Wenn jetzt auch noch Vollmond ist oder eine Sternschnuppe vom Himmel fällt, dann wünsche ich mir, dass das nie

mehr aufhört. Und dann hat er sich geräuspert und gesagt: »Ich würde unheimlich gern mal deine Titten anfassen.«
In so einem Moment sagt der so was!!!!
So – was – Unromantisches!
Ich hab geantwortet: »Und sonst hast du keine Wünsche?«
Und da hat Carus mich wieder in den Arm genommen und mir einen Kuss ins Ohr gegeben und gesagt: »Eine ganze Menge. Aber die verrate ich nicht. Sonst wirst du wieder rot.«
Dabei konnte er das gar nicht sehen. Es war dunkel da an der Hauswand. Keine Straßenlaterne weit und breit. Statt einer Antwort hab ich ...
Also nein, das schreib ich jetzt nicht hin.
Aber Omi würde sagen, dann ist es nicht authentisch. Und nicht ehrlich. Man muss beim Schreiben auch Mut haben, etwas Unbequemes zu sagen. Nicht immer nur die einfachen Dinge hinschreiben. Man braucht als Schriftsteller ganz viel Mut.
Also gut: Ich hatte an dem Tag ein T-Shirt an mit so einem Aufdruck vom Brandenburger Tor. Das T-Shirt hab ich einfach hochgeschoben und damit mein Gesicht verdeckt. Und der Busen war frei.
Und dann hab ich die Luft angehalten und gewartet, dass ich seine Finger spüre.
Und das war dann auch wieder gut, weil seine Hände gezittert haben. Oder mehr geflattert. Wie Fledermausflügel. Oder Schmetterlingsflügel. Ganz leicht und ein bisschen kalt haben sie sich angefühlt. Weil er total unsicher und sanft und vorsichtig war. Und ich hab gedacht – versteckt

unter meinem T-Shirt –, du Angeber. Ich bin mit Sicherheit das erste Mädchen, das du anfasst. Das hat mich glücklich gemacht. Und das ist die ganze Wahrheit.

5. Kapitel

Mama ist heute beim Arzt. Papa macht sich Sorgen. Er redet schon seit Wochen davon, dass sie zum Arzt gehen soll. Aber Mama wollte nie.

»Wieso nicht?«, hab ich gefragt. »Wenn man krank ist, geht man zum Arzt und der gibt einem Tabletten oder eine Spritze und man ist wieder gesund.«

»Vielleicht bin ich ja gar nicht krank«, sagte Mama heute Morgen noch, als sie schon fix und fertig für den Arztbesuch war.

»Jetzt hör aber auf«, sagte Papa, »natürlich bist du krank. So was ist doch nicht normal.«

»Was denn?«, hab ich gefragt. Aber Mama hat mich nur angesehen und gesagt: »Ach Kind.«

Manchmal behandelt sie mich wirklich noch, als wäre ich sechs oder so. Wenn Mama irgendwas mit dem Unterleib hat – ich meine –, darüber kann man doch reden. Ich erzähl ja auch beim Frühstück, wenn ich meine Tage gekriegt hab, und rede mit Mama über die Tampongröße und so was. Ich bin doch kein Baby. Ich weiß doch Bescheid.

Jetzt ist Mama schon seit Stunden weg und Papa hat zweimal angerufen und gefragt: »Ist sie noch nicht wieder da?«

»Nein«, sagte ich, »aber sie kann dich ja gleich anrufen, wenn sie zu Hause ist.«

»Wenn sie das man tut«, sagte Papa.

Und ich: »Klar tut sie das. Wieso nicht?«

»Weil sie manche Dinge gern für sich behält«, sagte Papa.

»Was denn für Dinge?« Einerseits ärger ich mich, wenn sie mich wie ein Baby behandeln, andererseits will ich dann aber auch doch nicht so genau wissen, was mit ihnen los ist. Ich hab immer Angst, dass plötzlich etwas passieren könnte, was unsere kleine Welt kaputt macht, so als wenn der Himmel einen Riss bekäme oder die Erde auseinanderklaffen und alles verschlucken würde, Häuser, Spielplätze, Kirchen, Schulen, Geschäfte, Kirmesbuden und Achterbahnen. Einfach alles. Solche Träume habe ich manchmal, und wenn ich dann aufwache und hochschrecke, stoße ich mir jedes Mal den Kopf an diesem blöden Bücherregal. Das müsste viel höher angebracht werden. Aber Papa hat zwei linke Hände und weigert sich, eine Bohrmaschine in die Hand zu nehmen.

»Du hast doch Freunde«, sagt er immer, »die können das doch machen.«

Ich hätte Carus fragen sollen, als er mich noch ständig besuchte. Statt immer nur auf dem Bett rumzulümmeln und eine Zigarette nach der anderen zu rauchen, hätte er mal was Vernünftiges tun können. Aber das fällt mir natürlich auch jetzt erst auf, dass er wirklich nie was für mich getan hat.

»Die Mama ist anders als du und ich«, sagte Papa. »Sie redet nicht über sich. Ist dir das noch nie aufgefallen?«

Doch, wenn ich mich zwinge, darüber nachzudenken, ist es mir aufgefallen. Aber rede ich denn über mich? Wissen meine Eltern, wie es mir, so ganz tief in meinem Innern, wirklich geht?

Die ganze Situation, in der ich jetzt stecke, dieses Chaos, sie haben keine Ahnung, aber wirklich keine.

Mama ist beim Arzt und Omi schickt eine E-Mail von der

MS Europa. »Gestern Abend war Captain's Dinner. Stell dir vor, der Kapitän sagt, dass ich die Lieblingsschriftstellerin seiner Frau bin. Und deshalb gibt es im Bookshop praktisch alle Bücher, die ich geschrieben habe, zu kaufen. Manchmal ertappe ich mich dabei, dass ich die Stapel zähle und gucke, wie viele schon gekauft wurden. Die Delfine sind gestern abgedreht. Vielleicht haben sie ein anderes Schiff entdeckt, das ihnen besser gefällt. So ist das Leben.«

Omi hat gesagt, zum Abitur schenkt sie mir eine Kreuzfahrt. Wohin ich will. Neuseeland, Indonesien, Australien, Karibik. Ich kann es mir aussuchen. Wenn ich das Abitur wirklich mache!

Und wenn ich mir vorstelle, dass ich bis dahin jeden Tag morgens aufstehen und in die Schule gehen muss . . .

Zuerst war es wunderwunderschön, wirklich. Wir waren eine Clique und haben uns richtig geliebt, allesamt. Da gab es keinen Streit und keine Eifersucht, und dass ich mit Carus ging, hat weder Sonja noch Dörte gestört. Sonja war eine Weile mit Benni zusammen und dann ist Franzi mit ihm gegangen, aber das war alles okay. Alles so easy. Ich kann es heute gar nicht mehr fassen, dass es mal so war. Hinzu kam, dass wir diesen endlosen tollen, heißen Sommer hatten. Der fing schon im Juni an. Im Juni haben wir Radtouren gemacht, mit Picknick auf Wolldecken und so. Dann im Schwimmbad, diese Nachmittage: unvergessen.

Wie Carus den Köpfer vom Fünfmeter geübt hat. Und Sonja keinen weißen Streifen auf dem Rücken wollte und wir deshalb alle zehn Minuten ihr Bikinioberteil verrücken mussten.

Wie wir *Trival Pursuit* gespielt haben, dieses altmodische Spiel, bei dem man richtig viel Spaß haben kann, auf unserer Wolldecke, ganz hinten im Schwimmbad, bei den Büschen, wo es so schön schattig ist und irgendwie immer ein bisschen modrig riecht, nach Erde. Ich fand das schön.
Geburtstage haben wir natürlich immer zusammen gefeiert, geplant und so. Haben alles zusammen gemacht. Überall sind wir als Clique aufgetaucht. Haben uns beim Sommerfest vor der Schule versammelt, um dann, im Pulk, Einzug zu halten. Man hat sich unheimlich toll gefühlt, ganz cool. Und auch stark. Als Gruppe ist man eben viel stärker als ein Einzelner. Und wenn man schlecht drauf ist, dann merken die anderen das sofort und versuchen, einen zum Lachen zu bringen oder irgendwie aufzumuntern. Ich habe in meinem ganzen Leben nicht so viel gelacht wie in diesem Sommer. Wir haben über jeden Mist Witze gemacht.
Aber dann kam das Wochenende, an dem Benni beinah gestorben wäre.
Wir haben im Spreewald gezeltet, alle zusammen. Zwei Drei-Mann-Zelte. Ich hab mit Sonja und Jackie in einem Zelt geschlafen. Carus, Benni und Noah in dem anderen. Franzi gehörte damals noch nicht so richtig dazu.
Es gab so eine unausgesprochene Regel: Wenn wir alle zusammen was machten, gab es keine Liebesgeschichten und so. Zwar Küsschen und Händchenhalten, mal zwischendurch, aber eigentlich war man in der Clique, man sonderte sich nicht ab.
Außerdem: Carus und ich haben ja damals nicht miteinander geschlafen. Aber die Vorstellung, dass er nur durch eine

Zeltplane von mir getrennt liegen würde, war schon ganz schön prickelnd.
An dem Tag hatte Noah Geburtstag. Er wurde fünfzehn. Und er hatte sich dieses Camping-Wochenende gewünscht, weil er das Zelt zu Weihnachten bekommen und noch nie ausprobiert hatte. Das andere Zelt gehörte dem großen Bruder von Carus. Der ist eigentlich sein Halbbruder und zehn Jahre älter, so ein Computer-Fachmann, der jede Menge Geld verdient. Der hatte uns das Zelt für die Geburtstagstour geliehen.
Wir sind mit den Fahrrädern hin. Jede Menge Gepäck hintendrauf und Rucksäcke, schwer wie Zement.
Noah hatte Geld dabei, von seinen Großeltern, seiner Tante, von überall her. Und das wollte er auf den Kopf hauen. Noah war früher mal ein Ass in Mathe. Aber dann hat er irgendwann, als er mal krank war, den Anschluss verpasst und seitdem steht er in fast allen Fächern vier minus. Noah ist so ein langer, total hoch aufgeschossener Typ mit riesengroßen Füßen. Ganz hager. Er ist in einem Jahr zwanzig Zentimeter gewachsen. Wir haben immer aus Quatsch gesagt: Alles ist gewachsen, bloß dein Gehirn nicht. Und Benni sagte dann meistens: und dein Du-weißt-schon. Und dann grinsten die Jungen. Und ich wurde rot.
Sonja und Jackie wurden nicht rot. Nie. Woran das liegt? Ich könnte mich ohrfeigen, dass ich nicht so cool sein kann.
Die Jungen sind dann los, nachdem wir die Zelte aufgebaut hatten, mit leeren Rucksäcken, »einkaufen« für das Fest am Abend. Wir wollten grillen. Ohne Grill, über dem offenen

Feuer. Benni war früher bei den Pfadfindern, der wusste, wie so was geht.
Die Jungen kamen zurück, bepackt wie die Weihnachtsmänner. Würste, Brote, Tomaten, Koteletts, was man so mitbringt für einen Grillabend. Und jede Menge Alkohol. Die packten eine Flasche nach der anderen aus und mir fielen fast die Augen aus dem Kopf. Aber Sonja war total begeistert. »Mann! Ihr habt Gin gekauft!«
»Und hier: eine Drei-Liter-Flasche Rotwein!«
»Und Whisky!«
»Das kann man mit Gin mischen«, sagte Carus, »gibt einen geilen Cocktail.«
»Rotwein und Gin? Ihr spinnt ja!« Jackie hatte den Durchblick, wie immer, und sagte auch, was sie dachte. Und ich war froh, dass ich es nicht sagen musste.
Wir haben dann Fackeln angezündet, uns auf unseren Schlafsäcken ausgestreckt, ins Feuer geguckt, geraucht und uns Geschichten erzählt. Was uns so einfiel. War echt eine tolle Stimmung. Die Rotweinflasche kreiste, die Gin-Flasche kreiste und ich trank meine Limo. Weil ich immer Limo trinke. Da hatte bis dahin auch nie jemand was dagegen, dass ich nicht mitmachte bei der Sauferei. Und das Ganze war ja auch vorher noch nie irgendwie ausgeartet.
Bis zu der Nacht, in der Noah fünfzehn wurde.
Benni ging es den ganzen Tag schon nicht so richtig gut. Er hat zwar tapfer alles mitgemacht, aber manchmal presste er die Hand auf den Bauch und sagte: »Irgendwas ist.«
Wir haben alle auf irgendeine Lebensmittelvergiftung oder so getippt. Benni stopft ja manchmal den letzten Schrott in

sich rein. Fischbrötchen, die liebt er. Die kauft er an einem Imbissstand in der Friedrichsstraße und ich habe schon immer gesagt: Mann, fragst du wenigstens, von wann der Fisch ist?
Und Benni dann immer: Wenn Fisch schlecht ist, dann stinkt er. Würstchen mag er sowieso nicht so gerne. Er hat also weder Würstchen gegessen noch von dem Kartoffelsalat, sondern immer am Brot rumgekaut, aber das fiel eigentlich nicht besonders auf, und dann, im Laufe des Abends, als immer mehr Alkohol durch die Kehlen floss, da hat er den Schmerz dann wohl auch so betäubt, dass er total fit wirkte. Roter Kopf und leuchtende Augen. Aber vielleicht war da auch schon das Fieber und er hat es bloß nicht mehr mitgekriegt. Irgendwann sind wir dann alle eingeschlafen.
Mitten in der Nacht bin ich plötzlich aufgewacht, weil ich dringend pinkeln musste. Eine Weile hab ich noch wach gelegen und mir überlegt: Machst du das jetzt? Stehst du auf und gehst in der tiefschwarzen Nacht da irgendwo in die Büsche? Oder verkneifst du es dir bis zum Morgendämmern? Ich hab nachgerechnet, wie viel ich an dem Abend wohl getrunken hatte. Was man so macht, wenn man noch nicht ganz wach ist, aber auch nicht mehr richtig schläft. Und an das Mondlicht hab ich gedacht, die Mondsichel sah aus wie eine Schaukel, direkt über unserem Lagerfeuer. Der Abend war irgendwie toll gewesen und ich hatte die ganze Nacht meinen Kopf in Carus' Schoß und Sonja und Benni waren verliebt und Jackie zoffte sich so zum Spaß mit Noah. Dabei wusste ich genau: Bei denen kann es jeden Augenblick funken. Also, es war richtig gut

gewesen und jetzt lag ich da und hatte keine Ahnung, wie spät es war. Auf einmal hörte ich so ein Stöhnen, ein Ächzen, fast wie ein Schrei.
Ich fuhr hoch, senkrecht.
Und lauschte und da war es wieder.
Ich dachte: Hey, was ist das? Und bekam erst mal eine Gänsehaut. Das war wie in einem Horrorfilm. Ich stellte mir sofort eine Bande von Kinderschändern vor, die durch den Wald streifte und uns kidnappen wollte, um uns an irgendwelche Bordelle in Amsterdam zu verkaufen ...
Ich rüttelte Sonja, aber die schlief wie ein Stein. Also kroch ich aus meinem Schlafsack und rüber zu Jackie.
»Hey, Jackie!«, flüsterte ich. »Hörst du das auch?«
Jackie riss die Augen auf, starrte mich an, knurrte: »Ich will schlafen«, drehte sich auf die andere Seite und schnarchte.
Jackie schnarchte tatsächlich! Und da wurde mir klar: Jackie ist auch besoffen. Und Sonja. Bei Sonja roch der ganze Schlafsack nach dem Gin, den sie irgendwann in der Nacht aus Versehen ausgekippt hatte oder umgekippt. Mir war auf einmal ganz schlecht.
Ich kroch aus dem Zelt. Und da hockte Benni.
Er saß ganz gekrümmt vor dem glimmenden Lagerfeuer, die Hände auf den Bauch gepresst, schaukelte hin und her und stöhnte und jammerte.
»Hey, Benni, was ist?«
Benni drehte sich zu mir um. Sein Gesicht war ganz weiß.
»Lara, mir tut mein Bauch so weh, ich glaube, ich platze innen«, sagte er.
»Was?«, schrie ich.

Benni legte sich, gekrümmt, wie er war, auf die Seite. »Hier«, sagte er, »hier tut das so weh. Ich kann es nicht mal berühren!« Und er deutete auf eine Stelle an seinem Bauch. »Was ist das bloß? Was kann das sein?«

»Vielleicht eine Fleischvergiftung«, sagte ich.

Er schüttelte den Kopf. »Ich hab die Würstchen doch gar nicht angerührt! Das ist was Schlimmes. Das spür ich. Au, au.«

Er krümmte sich und wimmerte und schrie.

Ich war total kopflos und wusste erst mal nicht, was ich machen sollte. Ich kroch in das Jungszelt und rüttelte Carus wach. »Carus! Wach auf! Benni geht es nicht gut!«

Carus richtete sich mit großen Augen auf und fiel wieder um wie ein Stein. Die waren alle einfach immer noch stockbetrunken. Ich hab es auch bei Noah versucht. Aber keine Chance. Da bin ich wieder raus zu Benni. Der wand sich vor Schmerzen.

»Ich krieg die andern nicht wach!«, rief ich verzweifelt.

»Vergiss es. Das hab ich schon versucht. Der verdammte Wein. Und der Gin. Und der. . .«

»Vielleicht hast du eine Alkoholvergiftung«, sagte ich. Und schon tat er mir nicht mehr ganz so leid. Aber Benni schüttelte den Kopf. »Ich weiß, dass es was anderes ist! Ich brauch einen Arzt, Lara! Hilf mir, bitte.«

Ich war total in Panik. Mit einem kranken Jungen und vier Besoffenen, mitten in der Nacht, in einer Gegend, die ich überhaupt nicht kannte. Das war der Horror. Und das Licht an meinem Rad funktionierte auch nicht. Irgendwas mit dem Dynamo.

»Du musst auf die Hauptstraße und dann rechts«, sagte Benni. Er konnte vor Schmerzen kaum sprechen. »In Richtung Klein-Kirchheim oder so ähnlich. Du musst sagen: ein Notfall!«
»Und wo ist die Hauptstraße?« Ich war total verzweifelt. »Und was soll ich machen, wenn ich keinen Arzt finde?«
»Dann rufst du eben einen Arzt an. Oder ein Krankenhaus. 1-1-0. Mann!« Benni krümmte sich. »Mach zu, ich sterbe sonst hier. Ich fühl das. Da innen in meinem Bauch passiert was Furchtbares. Oh Gott.« Und dann krümmte er sich wieder und wimmerte und rief nach seiner Mami. Wie ein kleines Kind. Das hat mich so gerührt und mir auch irgendwie Kraft gegeben. Ich habe mich also angezogen und noch mal versucht, die anderen wach zu rütteln, aber das war total vergeblich.
So ist Lara Weisskamp, vierzehn Jahre, in der Nacht vom 7. zum 8. August, mit Sonjas Zwölf-Gang-Fahrrad in stockdunkler Nacht – so eine Mondsichel bringt ja gar nichts – auf wildfremder Chaussee mutterseelenallein ins nächste Dorf geradelt.
Diese Chaussee ist eine von den alten Alleen, die es früher in der DDR haufenweise gab. Riesige, schöne, alte Bäume. Aber in der Nacht sieht jeder dieser großen Bäume so bedrohlich aus. Hinter jedem Baum kann sich einer verstecken. Kein einziges Auto ist mir entgegengekommen. Ich habe keine Menschenseele gesehen, bis zum Ortsschild. Klein-Lensfeld hieß das Dorf. Und das bestand nur aus einer Straße und kleinen Spitzgiebelhäusern rechts und links, und alle Fenster dunkel, und dann ein Brunnen, aber kein

Telefonhäuschen. Hat ja jeder ein Handy heutzutage. Nur ich hatte keins. Ich hab mich hingesetzt und geheult.
Plötzlich blendeten mich die Scheinwerfer eines Autos. Und dann klappte eine Wagentür und jemand rannte auf mich zu. Das war eine junge Frau und die sagte: »Mädchen! Was ist passiert?«
Manchmal im Leben passieren eben Sachen, die glaubt man später gar nicht.
Die Frau war Krankenschwester im ambulanten Dienst. Sie wollte zu einer Patientin, einer alten Frau. Da fährt sie jeden Tag fünfmal hin, dreht die Frau in ihrem Bett, wäscht sie, füttert sie und so weiter. Weil der Mann das nicht schafft. Der Mann hat, seit seine Frau krank ist, eine schwere Depression. Eigentlich müssten die beiden ins Heim, sagte die ambulante Krankenschwester, aber im Heim ist kein Platz. So weit sind wir gekommen in unserer Wohlstandsgesellschaft.
Ich saß neben ihr im Auto und versuchte, ihr die Richtung zu erklären. Das Fahrrad hatten wir oben auf dem Dachgepäckträger festgeschnallt.
Es war unglaublich. Für den Rückweg brauchten wir ungefähr zehn Minuten, den Rest zu Fuß, durch die Büsche bis zu unserem Zeltplatz.
Es war alles noch genau so, wie ich es verlassen hatte. Die anderen schnarchten in den Zelten und Benni lag neben dem Feuer, das jetzt erloschen war. Er war ohnmächtig, reagierte auf nichts mehr. Die Krankenschwester untersuchte ihn kurz, dann sagte sie: »Du machst jetzt genau das, was ich dir sage.«

Und ich machte, was sie sagte.
Wenig später lag Benni auf dem Rücksitz und ich saß wieder vorne neben der Krankenschwester und wir waren auf dem Weg ins Kreiskrankenhaus.
Der diensthabende Arzt sah aus wie ein Gespenst. Später erfuhr ich, dass er seit achtundfünfzig Stunden Dienst hatte, weil sein Kollege nicht zur Arbeit erschienen war. Aber er hat sofort die richtige Diagnose gestellt: Verdacht auf Blinddarmdurchbruch. Und das hieß: sofort operieren. Bennis Eltern wurden mitten in der Nacht aus dem Bett geklingelt und geholt.
Dann ist der Arzt gekommen, der Benni operieren sollte. Er trug schon diesen blauen Kittel und eine Gummikappe, unter der seine Haare versteckt waren, und einen Mundschutz, aber der hing nur lose unter seinem Kinn.
»Wir bereiten jetzt die Narkose vor«, sagte er. »Und dazu brauche ich von dir ein paar Angaben.«
»Okay«, sagte ich. Mir war kalt und ich war müde. Meine Klamotten stanken nach Zigaretten, Lagerfeuer und Gin. Eklig.
Der Arzt machte auch ein Gesicht, als könne er mich nicht riechen. Kann aber sein, dass ich mir das nur eingebildet habe.
Er holte dann die Narkoseärztin. Die war mindestens so alt wie meine Omi. Ihre silbernen Haare steckten noch nicht unter der Gummihaube. Aber sie trug auch einen blauen Kittel und Gesundheitssandalen, weiß, mit dicker Gummisohle. Das ist mir nur deshalb aufgefallen, weil ich sie überhaupt nicht gehört habe, als sie ins Zimmer trat. Wir waren

in einem Sprechzimmer, gleich neben dem OP. Da gab es auch eine Trage, bezogen mit schwarzem Plastik, und einen Schrank mit einer Glastür, an der ein Schlüsselbund hing. Wahrscheinlich war da das Morphium untergebracht und all das Narkosezeug, das sie brauchen.

»Ich muss wissen«, sagte die Narkoseärztin, »was Benni gegessen hat. Ihr wart doch zusammen, ist das richtig?«

Ich nickte. »Wir haben gegrillt, Würstchen und so.«

»Was ist und so?« Die Ärztin machte sich Notizen. An einem Band um ihren Hals baumelte ihre Brille. Ich überlegte, wozu sie eine Brille brauchte, wenn sie ohne Brille lesen konnte. Mama braucht die Brille schließlich nur, um zu lesen oder zu schreiben.

»Wir haben Würstchen, Brot und Tomaten gegrillt. Und Schweinekoteletts, aber Benni hat nur Brot gegessen, weil ihm am Nachmittag schon schlecht war.«

»Ihr wart zu wie vielen?«

»Unsere ganze Clique. Wir waren sechs.«

»Und wer hat eingekauft?«

»Die Jungs.«

»Weißt du denn noch, was du getrunken hast?«

»Ja, klar, ich habe zwei Flaschen Limo getrunken und drei Dosen Cola, verteilt auf die Nacht.«

»Es gab keinen Alkohol?« Die Ärztin hob den Kopf, setzte die Brille auf und musterte mich. Also für die Entfernung von drei, vier Metern brauchte sie die Brille, um ihr Gegenüber anzusehen.

»Doch«, sagte ich, »es gab Alkohol.«

Die Ärztin nickte, grimmig irgendwie.

»Kannst du mir sagen, wie viel Alkohol Benni getrunken hat?«
»Nein, tut mir leid.«
»Was hattet ihr denn alles?«
»Also, eine Palette Bier, dann eine Drei-Liter-Flasche Rotwein, eine Flasche Gin und ich glaube auch noch Whisky.«
Die Ärztin schrieb, dann schaute sie auf. »Das alles für nur sechs Personen?«
Ich nickte, ich fand ja selber, dass es viel zu viel war.
»Benni ist in einem lebensgefährlichen Zustand. Durch den Alkohol, den er getrunken hat«, sagte die Ärztin. »Weißt du das eigentlich?«
Sie redete mit mir, als sei ich schuld, dass Benni so viel getrunken hatte. »Ich kann es ihnen doch nicht verbieten«, sagte ich. »Die anderen müssen doch selber wissen, was sie tun.«
»Manchmal wissen sie es eben nicht«, sagte die Ärztin. »Manchmal wollen sie die Helden spielen und eine große Show abziehen. Dann passieren solche Sachen wie das hier. Also Gin, Whisky, Bier und Wein. Glaubst du, er hat das alles durcheinandergetrunken?«
Ich nickte. »Nachher haben sie es gemixt, Cocktails daraus gemacht.«
Die Ärztin setzte die Brille wieder auf. »Cocktails!« Ihre Stimme überschlug sich fast. »Weißt du eigentlich, dass man an einer Alkoholvergiftung sterben kann?«
Ich wusste es nicht. Aber seit ich meine Freunde gesehen hatte, konnte ich mir alles vorstellen. Wie im Koma hatten die dagelegen und nichts um sich herum mitbekommen, nur

bei Benni, da waren die Schmerzen offenbar so stark gewesen, dass sie ihn aus dem Koma zurückgeholt hatten.
Die Ärztin schrieb. Ich wartete. Das Licht in dem Zimmer war kalt, es war überhaupt sehr kalt in dem Raum. Und ich war müde. Ich merkte, wie mir eine Gänsehaut über den Rücken lief und wie sich die Kopfhaut zusammenzog. Vielleicht kam das auch von der Erschöpfung. Ich merkte auf einmal, wie fertig ich war.
»Und was ist mit Drogen?«, fragte die Ärztin.
Ich zuckte zusammen. »Drogen?«, sagte ich fassungslos.
Die Ärztin blieb vollkommen cool. »Ja, ich frage euch: Habt Ihr irgendwelche Pillen eingeschmissen, etwas geraucht ...?«
Ich schüttelte ganz empört über diese Frage den Kopf.
Die Ärztin beugte sich vor. »Hör zu, Lara, ich frage dich nicht, weil ich daraus ein Problem machen will.«
»Aber ich habe noch nie in meinen Leben Drogen genommen! Ich rauche ja nicht mal!«
»... ich frage, weil ich das als Anästhesistin wissen muss. Danach richtet sich die Höhe und die Art des Betäubungsmittels, das ich Benni geben muss. Ich möchte keinen Fehler machen. Solche Fehler können verheerend sein.«
Ich schluckte, ich verstand nichts. Meine Augen brannten vor Müdigkeit. Ich musste sie immer zukneifen und wieder aufreißen. Nach Hause, auf einmal dachte ich an mein schönes, weiches Daunenbett.
»Ecstasy?«, fragte die Ärztin noch einmal. »Habt ihr Pillen genommen?«
»Nein!«

»Benni auch nicht? Bist du sicher? Es kann natürlich nur der Alkohol sein, der seine Pupillen so verändert hat. . .« Sie überlegte, schaute auf ihre Notizen. »Für Koks habt ihr bestimmt kein Geld.«
Ich musste wieder schlucken. »Sie meinen Kokain?«
»Ich meine Kokain.« Die Stimme der Ärztin war total ausdruckslos, ganz kalt, sie hält uns für Idioten, dachte ich plötzlich. Sie traute uns ja alles zu!
»Ich schwöre, dass keiner von uns jemals Kokain genommen hat.«
Die Ärztin sagte nichts. Machte nur Notizen.
Mir wurde immer unbehaglicher zumute. Ich kam mir vor wie bei einem Verhör.
»Und was ist mit Hasch? Habt ihr Hasch geraucht? Hat Benni Hasch geraucht?«
»Nein.«
»Aber Benni raucht.«
»Ja, aber kein Hasch.«
»Und woher weißt du das so genau?« Die Ärztin schaute mich an. »Weißt du überhaupt, was Hasch ist?«
»Ich bin nicht blöd, natürlich weiß ich, was Hasch ist.«
»Wird an eurer Schule Hasch geraucht?«
»Kann sein. Aber das interessiert mich nicht. In unserer Clique jedenfalls nicht.« Ich war jetzt echt wütend. »Ist das alles?«
Die Ärztin schaute mich an. Plötzlich lächelte sie, legte mir ihre Hand auf die Schulter und sagte: »Drück ihm die Daumen, in zwei Stunden ist vielleicht schon alles vorbei.«
Die Krankenschwester fuhr mich dann zurück zu den ande-

ren, die inzwischen aus ihrem Alkoholkoma aufgewacht waren, sich die Augen rieben und alles, was ich erzählte, für einen blöden Scherz hielten, bis sie merkten, dass Benni tatsächlich nicht mehr da war. Und ihnen schlussendlich dämmerte, dass etwas ziemlich Furchtbares passiert war ...

So weit war ich ja die Heldin. Alles hätte gut sein können.

Aber es war nicht gut.

Denn das war genau der Augenblick, als sie anfingen, mich mit Misstrauen zu behandeln, mit Argwohn.

Was hatte ich der Krankenschwester erzählt? Und dem Arzt? Und Bennis Eltern? Ich hatte Bennis Eltern überhaupt nicht gesehen, aber irgendwie waren sich alle Erwachsenen darüber im Klaren, dass wir eine wilde Alkoholparty gefeiert hatten.

Ich musste überhaupt nichts sagen. Es gab Unterhaltungen, Nachforschungen. Natürlich wussten wir alle, dass unsere Eltern ausrasten würden, wenn sie erfuhren, wie unsere »Geburtstagsparty« ausgegangen war. Also hatten wir uns geschworen: Keiner sagt irgendwas. Alle halten zusammen wie Pech und Schwefel.

Benni wurde im Krankenhaus besucht, klar, aber auch er, noch an Schläuche angeschlossen, musste schwören, dass er nicht erzählen würde, wie viel wir getrunken hatten.

Es half alles nichts.

Die Campingtouren wurden gestrichen. Die Eltern setzten das Taschengeld für einen Monat aus – erstaunlich, wie einig sie sich alle waren – und die Stimmung war auf dem Nullpunkt.

Ich hatte noch das meiste Glück, weil ich, wie Bennis Eltern sagten, »im entscheidenden Augenblick richtig gehandelt hatte«. Aber natürlich erklärte ich mich mit der Clique solidarisch und tat so, als hätte ich auch Alkohol getrunken. Obwohl alle wussten, dass ich mir aus dem Zeug nichts machte.

Ich hatte irgendwie gehofft, dass der Vorfall den anderen eine Lehre sein würde. Aber es kam ganz anders: Sie brauchten einen Sündenbock, einen Schuldigen. Und das war ich. Ausgerechnet ich, die praktisch Bennis Leben gerettet hatte!

Sie sagten es nicht so direkt. Zumindest nicht gleich. Aber von dem Tag an veränderte sich alles. Unmerklich, schleichend irgendwie. Es waren die Blicke, die sie miteinander tauschten, kleine Nebensätze, wie Geheimcodes.

Das war das Ende von Noahs Geburtstagsparty.

Noah war der Erste, der mich richtig angemacht hat. So richtig schroff.

»Was hast du dir eigentlich dabei gedacht, den Leuten im Krankenhaus so genau aufzutischen, was für Stoff wir mithatten?«

Ich fand die Frage schön blöd. »Mann, die Ärztin musste das wissen!«

Sonja kam dazu. Sonja hatte einen Riesenärger zu Hause gekriegt. Sie musste zugeben, dass sie zu betrunken war, um überhaupt irgendetwas von Benni und seinem Abtransport mitzubekommen.

»Die Ärztin musste das wissen!«, äffte sie mich nach. »Oh Mann, wie toll! Und wie blöd. Die Ärztin musste das wissen. Kapierst du nicht, dass sie dich ausspionieren wollte?«

»Quatsch«, sagte ich. »So ein Blödsinn.«
»Komm, gar kein Blödsinn«, sagte Jackie.
Wir saßen alle in der U-Bahn auf dem Weg zum Madonna-Konzert im Friedrichstadt-Palast. Vielleicht kriegte man was mit von den Vorbereitungen, Proben oder so.
Für Karten hatten wir natürlich kein Geld. An Karten war überhaupt nicht zu denken. Aber so ein bisschen die Stimmung einatmen. Das reichte ja auch schon.
Abends musste ich jetzt immer um zehn zu Hause sein, spätestens. Und genau sagen, wo und mit wem ich unterwegs war. Sonja und Jackie auch. Die Jungen hatten zwar von ihren Eltern auch Zoff gekriegt, aber die ließen sich irgendwie viel weniger Vorschriften machen. Sagten sie jedenfalls.
»Wenn du den Mund gehalten hättest«, sagte Jackie, »dann hätte ich nicht diesen Riesenärger mit meinen Eltern.«
»Mensch«, sagte ich, »tut mir leid. Aber ihr an meiner Stelle hättet auch nichts anderes machen können.«
Die anderen guckten sich bloß an. Es war eine Scheißstimmung. Ich fragte mich schon, wieso ich überhaupt mitgefahren war. »Es ging bei Benni um Leben und Tod.«
Carus lachte plötzlich. Carus, dieser Feigling. Ich meine, er hätte ja auch mal sagen können: Klasse, dass du einen klaren Kopf behalten hast.
Aber Carus war zu so was nicht fähig. Manchmal, wenn ich sauer auf ihn war, dann dachte ich: Das viele Bier hat dem auch schon das Gehirn aufgeweicht.
Ich war so wütend, dass ich genau in dem Moment aufstand, als die U-Bahn in diese Kurve fuhr an der Leitzenhausener

Straße. Ich wäre fast hingefallen. Keiner von denen hat reagiert, keiner hat mich festgehalten. Aber egal. Macht nichts.
»Was wollt ihr eigentlich sagen mit euren blöden Andeutungen?«, schrie ich. »Langsam hab ich echt genug davon.«
»Wir wollen damit bloß sagen«, sagte Jackie langsam, »dass es verdammt noch mal niemanden was angeht, was wir in unserer Freizeit machen, und dass du nächstes Mal einfach die Klappe hältst, wenn jemand blöde Fragen stellt. Verstanden?«
Carus rückte ein bisschen zur Seite und machte so eine Bewegung, dass ich mich neben ihn setzen sollte. Er zog aus seiner Jackentasche einen kleinen Flachmann. Damit gab er unheimlich an. Ein Erbstück von seinem Onkel. Wir haben ihn immer damit aufgezogen. Er schraubte also den silbernen Deckel ab, lächelte mich an und sagte: »Schwamm drüber. Vergeben und vergessen.«
Irgendwie war ich froh. Ich atmete tief durch und schaute in die Runde. Sonja machte immer noch dieses spitze Gesicht, aber die anderen wirkten auf einmal entspannt. »Wir sind eine Clique von Freunden«, sagte Carus. »Wir halten zusammen.«
»Genau«, sagte Noah. Und alle schauten mich an. Und ich dachte: Hey, was jetzt?
»Und darauf«, sagte Carus, »trinken wir jetzt einen Schluck.«
Und hielt mir die Flasche hin. Es war sechs Uhr abends und die U-Bahn war bis zum letzten Platz besetzt und alle Leute guckten. Oder auch nicht. Das weiß man in so einer Gruppe nie genau, ob die Leute einen eigentlich angucken oder

durch einen hindurch. Jeder ist mit seinem eigenen Kram beschäftigt.
»Was ist?«, sagte Noah. »Mach schon. Wir wollen auch.«
»Was ist da drin?«, fragte ich.
»Guter Stoff«, sagte Carus. »Wodka. Sieht aus wie Wasser, ist aber keins. Probier mal.«
»Du bist verrückt«, sagte ich, »gibst dein ganzes Geld für Alkohol aus.«
Carus grinste. Ich hielt diese kleine flache Flasche in der Hand. Die anderen guckten, ganz freundlich. Sonja, Jackie, Noah. Ich hob die Flasche zum Mund. »Also gut«, sagte ich, »auf unsere Freundschaft.«
Das Zeug brannte in der Kehle wie Feuer. Aber ich verzog keine Miene. Ich gab die Flasche zurück an Carus. Der fuhr mit der Hand über die Öffnung (wenn man bedenkt, dass wir uns immerzu küssten), als müsste er meine Spucke abwischen und trank auch. Mit geschlossenen Augen. Dann gab er sie weiter an Sonja. Sonja wischte den Flaschenhals nicht ab. Und trank. Und in meiner Kehle brannte es. Am liebsten hätte ich sofort einen Schluck Wasser getrunken. Aber ich wollte kein Baby sein. Von ein bisschen Alkohol wird man schließlich nicht besoffen und auch nicht krank. Also, Lara Weisskamp, bleib cool. Dann trank Noah. Er schaute mich dabei an. Als er die Flasche absetzte, lächelte er. Gab die Flasche zurück an Carus. Der schraubte zu und ließ sie wieder in seiner Jacke verschwinden. Dann legte er den Arm um meine Schultern und zog mich an sich. »Na siehst du«, sagte er, »wird alles gut.«
Und ich war so froh, dass mir die Tränen kamen.

Abends rief Benni an. Ganz fröhlich. Er war seit zwei Tagen zu Hause und fühlte sich schon wieder richtig fit. »Hey, Lebensretterin«, sagte er. »Wollte nur mal Hallo sagen.«
»Geht's dir wieder gut?«, fragte ich.
»Noch ein bisschen wackelig, aber im Kopf prima«, sagte Benni. »Und die Clique? Alles klar?«
»Alles super«, sagte ich. Und Benni, nach einer kurzen Pause: »Hab ich auch gehört.«

6. Kapitel

Mama ist zurück mit einer Tüte von der Modeboutique in der Hermannstraße und einem Blumenstrauß. Sie trällert im Bad, während sie sich die Nägel lackiert. Für den Abend hat sie für uns drei einen Tisch bei meinem Lieblingsitaliener bestellt. Der macht die beste Pizza mit Tomaten und Mozzarella in der ganzen Stadt.

»Mama, Papa hat mindestens dreimal angerufen.«

Mama streckt mir das Nagellackfläschchen entgegen. »Hältst du mal?«

Sie trippelt mit ihren frisch lackierten Fußnägeln über den Sisalteppich in den Flur zum Telefon.

Ich sitze da und finde, dass Lila eine blöde Farbe für Fußnägel ist. Und trotzdem ziehe ich meine Sandalen aus und probier die Farbe mal am großen Zeh.

Ich höre, wie sie miteinander reden.

»Ja, Schatz, wirklich. Alles in bester Ordnung. Nein, Peter, ich muss nicht unter das Messer. Und keine Bestrahlung.«

Ich lass vor Schreck den Nagellack fallen. Unter das Messer? Bestrahlung? Mama? Und sie haben mir nichts gesagt?

»Er sagt, der Tumor hat sich zurückgebildet. Ja, wirklich. Ich lüge dir doch nichts vor, Schatz. Der Tumor ist nur noch ganz winzig. Wir mussten beim Ultraschall richtig suchen.« Mama lacht. »Ist das nicht verrückt? Wenn man bedenkt, dass ich deswegen einen Monat nicht schlafen konnte.«

Tumor? Zurückgebildet? Einen Monat nicht schlafen? Ist

das wirklich meine Mama, die da spricht? Ich nehme einen Wattebausch, träufle Nagellackentferner drauf und wische die Farbe wieder ab. Farbloser Nagellack steht mir besser. Das hat sogar Sonja immer gesagt. Obwohl ich auf Sonjas Meinung eigentlich gar nichts mehr gebe.

»Der Doktor sagt, es gibt solche Selbstheilungsprozesse, die sind für die Mediziner noch vollkommen ungeklärt.« Sie lacht wieder. »Du hast mir geholfen, Schatz. Ich hab's gleich zum Arzt gesagt, ich muss mich bei meinem Mann bedanken. Der hat mir so viel Mut gemacht in schwerer Zeit.«

Mut gemacht in schwerer Zeit? Mama? Papa? Schwere Zeit?

Oh Leute, ich glaub, ich bin im falschen Film.

Als Mama aufgelegt hat, steh ich im Flur, direkt vor ihr.

»Sag mal, was hab ich da gehört?«

Meine Mutter küsst mich. »Wieso? Was hast du gehört?«

»Etwas von einem Tumor.«

Mama küsst mich wieder. »Kannst du schon wieder vergessen, Häschen.«

Früher hat sie mich Häschen genannt, bis ich ihr das verboten habe. Die Lücke zwischen den Vorderzähnen, den beiden Schneidezähnen hat sich schon geschlossen, als ich acht war, und trotzdem haben sie mich viele Jahre danach immer noch Häschen genannt! Und so was wollen sensible, mitfühlende Eltern sein! Ich habe ja als Kind gar nicht mehr gewagt zu lachen, aus Angst, jemand spricht mich auf meine Zahnlücke an.

»Wieso weiß ich nicht, dass du dir solche Sorgen gemacht hast?«

Meine Mutter schüttelt den Kopf. »Ach, Lara, sei doch froh, dass alles gut ist. Fürs Erste wenigstens.«
Schon wieder so ein Schlag in den Magen. »Was? Fürs Erste? Ist also nicht sicher?«
»Was ist schon sicher im Leben, meine Süße? Ich hab eben diesen Tumor gehabt, im Kopf.«
Im Kopf!!! Ein Tumor! Meine Mama!!!
»Und den wollten die Ärzte ungern operieren, weil er so nah am Augapfel war.«
Auf einmal denke ich, während sie mich so was fragt, macht sie sich Sorgen, dass sie einen Tumor im Kopf hat. Das ist doch der Wahnsinn.
»Mama«, sage ich, die Fäuste in den Magen gepresst, »mir ist ganz schlecht.«
Mama nimmt mich in den Arm. »Was ist denn los, Mäuschen?«, sagt sie erschrocken, als ein Schluchzen mich schüttelt. Wie verrückt. Ich kann gar nicht aufhören, klammer mich an meine Mama und wir küssen uns auf die Nase, die Wange, als hätten wir uns Jahrhunderte nicht gesehen.
»Ich wollte nicht, dass du dir Sorgen machst«, sagt Mama tröstend. »Hat doch gereicht, dass dein Papa ganz außer sich war vor Panik.«
Papa hatte Panik. Aha. Die beiden haben nachts in ihrem Bett gelegen, Papa hat Mama in den Arm genommen und getröstet, obwohl seine Panik bestimmt so groß war wie ihre. Denn meine Eltern lieben sich. Das weiß ich genau. Und Mama hat vor Angst wahrscheinlich überhaupt nicht mehr klar denken können, und ich? Ich lag nebenan in meinem

Zimmer, nur durch eine Ziegelsteinwand getrennt, und hatte keine Ahnung!
»Und wieso ist der Tumor nicht mehr da? Oder nur noch ein bisschen?«
»Weil ich eine neue Form der Therapie ausprobiert hab. Und weil dein Papa mir dabei so geholfen hat. Deshalb. Anscheinend schlägt das Medikament gut an. Der Arzt hat gesagt: Wir wissen nicht, ob es hilft, aber es wirkt sowieso nur, wenn Sie den Wunsch haben, dass es wirkt. Wenn Sie leben wollen und Sie den Mut finden zu kämpfen.« Sie lächelt. Und küsst mich. »Und diesen Lebenswillen und diese Kraft zu kämpfen, die hat dein Papa mir gegeben.«
Während ich, durch eine Ziegelsteinwand getrennt, nebenan in meinem Zimmer lag, zwischen den Postern von Pink, Hannah Montana und Tokio Hotel.
Oh mein Gott, fühl ich mich mies!
Wie konnte ich nur so egoistisch sein! Wie ist es möglich, dass ich an nichts anderes als an meine Probleme mehr denken konnte!
Dieser Terror der eigenen Gefühle, der eigenen Ausweglosigkeit, der macht einen krank. Der nimmt einem jegliches Empfinden für die Umgebung. Meine eigene Mutter! denkt, dass sie sterben muss! Hat jede Nacht Todesangst! Mein eigener Vater! Der vor Kummer keine Freude mehr am Leben, an seiner Arbeit hat! Der fürchten muss, dass er die große Liebe seines Lebens verlieren wird. Ich meine, ich rede hier von meiner Mutter! Von meinen Eltern, die ich doch über alles liebe!!!
Und ich habe nichts gewusst? Und nichts gemerkt?

Bin jeden Tag nach Hause gekommen, habe das Essen gegessen, das meine Mutter gekocht hat, habe gesehen, wie sie die Wäsche gewaschen und gebügelt hat, wie Vater Zeitung gelesen und Nachrichtensendungen im Fernsehen verfolgt hat – und mir ist nichts Besonderes aufgefallen???
Das ist doch unglaublich!
Ich glaube, sie haben mir meine Seele kaputt gemacht.
Ich war früher nicht so. Nicht so fixiert auf meine eigenen Probleme. Ich hab doch früher, als ich mich viel um Oskar gekümmert hab, immerzu an andere Leute gedacht. Meine Güte, wie oft habe ich mir überlegt, wie ich Oskars Eltern helfen kann. Wie viele Abende hab ich früher zu Hause gesessen und über Geschenke für Mami und Papi nachgedacht. Ich hab ihnen Sachen gebastelt!!! Früher!!!
Ich meine, das ist alles so lange her – wie aus einem anderen Jahrhundert!
Na, im Grunde war es ja auch ein anderes Jahrhundert. 1999 war ich ein kleines, fröhliches Mädchen, das an das Gute im Menschen geglaubt hat. Ich war verwöhnt, ein kleines, verwöhntes Mädchen, das alles hatte, dem alle Wünsche erfüllt wurden. Und ich dachte, das geht mein Leben lang so weiter. Ich dachte, Mami und Papi sind dazu da, mir ein gutes Leben zu machen.
Nicht im Traum wäre mir der Gedanke gekommen, dass das alles mit einem Schlag vorbei sein könnte! Wenn Mamis Krankheit tatsächlich … wenn sie sie am Kopf hätten operieren müssen … – ein Tumor hinter dem Auge … Oh Gott.
Was bin ich nur für ein Monster!!!
»Heute Abend gehen wir ins *Brunello* und essen alles, was

uns Spaß macht, egal, was es kostet«, sagt Mama. »Heute Abend genießen wir das Leben, ja? Worauf hast du Appetit?«

»Pizza mit Mozzarella und Tomaten«, sage ich.

Mama lacht. »Hey, komm, das ist ein Kinderessen. Wieso nicht mal einen schönen Fisch vom Grill?«

»Ich esse keine Fische.«

»Ach, komm, natürlich isst du Fische.«

»Nein, tue ich nicht. Ich esse nie wieder Fisch.«

»Aber du hast als Kind so gerne Krabben gegessen. Isst du wenigstens noch Krabben?«

Ich weiß nicht. Krabben sind kein Fisch. Krabben sind nur auf der Welt, um von Fischen gefressen zu werden. Das ist der einzige Sinn ihres Lebens.

Und welchen Sinn hat das Leben eines Korallenfisches zum Beispiel? Lara Weisskamp, du isst heute Abend eine Pizza mit Tomaten und Mozzarella. Keinen Fisch. Unter keinen Umständen Fisch. Auch keine Krabben. Die brauchen die Korallenfische, um am Leben zu bleiben. Ich brauche sie nicht. Ich kann Salat essen, Reis, Gemüse, Spaghetti, irgendwas.

»Mama, glaubst du, dass Tiere auch einen Tumor im Kopf bekommen können?«

»Natürlich, klar.«

»Und Fische?«

»Fische bestimmt auch.«

Ich muss schon wieder weinen.

»Und jetzt«, sagt Mama, als wir gerade andächtig unsere Zabaione löffeln, »jetzt bist du dran, Lara.«

Zabaione ist ein Nachtisch, den gibt es nur beim Italiener. Der schmeckt einfach überirdisch gut. Da kann man Löffel für Löffel erfahren, was das Wort »Gaumenfreuden« meint. Wenn ich Zabaione esse, muss ich automatisch lächeln, so in mich hinein. Das ist schon komisch, Zabaione wird gemacht aus Eigelb, das schlägt man mit Zucker, und dann kommt so ein süßer Likör dazu, ich hab vergessen, wie der heißt, und das Ganze wird anschließend im Wasserbad geschlagen, bis es so richtig schaumig-cremig ist, ganz gelb. Und dann füllt man es in hohe, langstielige Gläser und serviert es mit einem Löffel, der auch einen ganz langen Stil hat. Und wenn Mama und Papa und ich zum Nachtisch beim Italiener Zabaione essen, dann kann man eine Stecknadel fallen hören, jedenfalls an unserem Tisch. Das nenne ich immer unsere Andacht.

Aber dieses Mal hat Mama unsere Andacht gestört, so aus heiterem Himmel, vollkommen ohne jede Vorwarnung sagt sie: »Und jetzt bist du dran, Lara.«

Ich lege den Löffel hin, putze meine Finger an der Serviette, trinke einen Schluck Mineralwasser, natürlich totale Verlegenheit.

»Wieso denn ich?«, frage ich. »Über mich gibt es nichts zu sagen.«

»Komm, Schätzchen, mach uns doch nichts vor. Du hast ein Problem, das merken wir doch schon die ganze Zeit.«

»Wir haben beide, Mama und ich«, sagt Papa, »ein richtig schlechtes Gewissen, dass wir dich immer mit deinen Sorgen allein lassen. Aber das lag einfach an Mamas Krankheit. Die hat uns so aus der Bahn geworfen, dass wir an gar nichts anderes mehr denken konnten.«

»Kannst du das verstehen und uns verzeihen?«, fragt Mama. Sie löffelt weiter ihre Zabaione. Und ich denke, hey, was soll das? Was soll ich ihnen verzeihen? Worüber reden sie überhaupt?

»Morgens deine dicken Augen«, sagt Mama, »das bedeutet doch was. Wenn du nachts geweint hast, gibt es dafür einen Grund. Ich schäme mich, dass ich nicht gefragt hatte.«

Ich nehme mein Weinglas. Papa hat gesagt, ich soll an diesem Abend, zur Feier von Mamas Genesung, auch ein Glas mit ihnen trinken, mit ihnen anstoßen. Dass wir noch viele Jahre so als glückliche Familie weiterleben können, hat Papa gesagt. Denn auf einmal merkt man ja, wie zerbrechlich das ist, das Glück. Wenn der Tumor in Mamas Kopf sich weiterentwickelt hätte, wäre sie vielleicht heute schon blind oder könnte nicht mehr sprechen. Oder vielleicht würde sie gar nicht mehr leben.

»Erzähl doch mal, was dich bedrückt«, sagt Mama. »Wir haben jetzt so viel von uns geredet!«

»Aber mich bedrückt doch gar nichts!«

»Na komm, ich kenn doch meine Lara.«

»Mir geht es gut, wirklich! Ich weiß gar nicht, was das auf einmal soll! Wollt ihr euch den Abend verderben oder was?«

Am liebsten würde ich aufstehen und flüchten. Das ist sowieso meine Spezialität. Einfach flüchten, wenn es schwierig wird.

Aber Papa ruft den Kellner, bestellt noch eine Flasche Wein und für sich einen Espresso und dann lehnen sie sich zurück und schauen mich an. So lieb irgendwie.

Und ich überlege: Hab ich morgens geschwollene Augen gehabt? Wann denn? Hab ich ein unglückliches Gesicht gemacht?
Ich dachte, ich hätte immer alles unter Kontrolle.
»Es ist etwas mit Sonja«, sagt Mama, »das spür ich. Sie kommt ja fast nie mehr zu uns.«
»Nein«, sage ich, »mit Sonja hat das nichts zu tun.«
»Mit wem denn? Carus?«, fragt meine Mutter vorsichtig.
Ich schüttel den Kopf, ich will nicht darüber reden.
»Du musst es nicht sagen«, sagt Mama, »wenn du nicht willst. Ist es aus und vorbei mit Carus?«
Der neue Wein kommt. Der Kellner schenkt mein Glas voll, bevor ich etwas sagen kann.
Papa tauscht schnell unsere Gläser und lächelt den Kellner an. »Ein Glas für die junge Dame ist genug«, sagt er.
Mama achtet nicht auf die Unterhaltung zwischen Papa und dem Kellner. Sie konzentriert sich ganz auf mich. Das finde ich einerseits wohltuend, andererseits macht es mich auch verlegen.
»Ich weiß nicht, ob es vorbei ist«, sage ich schließlich, »es ist einfach anders. Alles ist anders.«
Mama schaut mich an. Mit diesem durchdringenden analytischen Blick, den sie manchmal draufhat und bei dem ich denke: Wow, sie durchschaut mich bis in mein Innerstes. Aber ich hab gelernt, manche Dinge wegzuschließen, sogar vor diesem Blick.
So wie ich irgendwann gelernt hab zu lügen, obwohl ich als Kind immer gesagt hab: Lügen werde ich nie. Aber so ist es eben.

»Mama«, sage ich, »lass es doch einfach. Ich dachte, wir sind hier, um zu feiern, dass es dir gut geht und dass du wieder gesund bist. Ich dachte, das ist dein Abend.«

»Mein Abend ist ein Abend, an dem es allen gut geht«, sagt Mama sanft, »uns allen dreien.«

Das Blöde ist, dass ich in so einem Augenblick immer so sentimental werde. Überhaupt ist das so ein Abend, aufgeladen mit Emotionen.

Egal: Ich brauche ein Taschentuch, weil mir die Tränen aus den Augen laufen, ohne dass ich irgendwas machen kann. Es müsste einen Schließmuskel geben für die Tränensäcke.

»Ach Gott, mein armes Schätzchen!«, ruft Mami total außer sich. »Was ist nur mit dir los?«

Papa greift nach einem Taschentuch, der Kellner kommt mit einer neuen Flasche Wasser, sieht, dass ich heule und blinzelt den Eltern zu: »Sempre l'amore!«, sagt er und verschwindet wieder.

Aber ich weine hier ja nicht um irgendeine Liebe. Ich weine, weil . . . ach Mensch.

»Du weißt doch«, sagt Papa», dass du immer zu uns kommen kannst, wenn du Probleme hast.«

Ich nicke. Ich schlucke. Ich räuspere mich. »Klar«, sage ich.

»Und denke nicht, dass wir vollkommen ahnungslos sind«, sagt Mama. »Obwohl ich mit mir selbst so beschäftigt war, habe ich schon gemerkt, dass du mit deiner Clique ein Problem hast.«

Achtung! Alarmstufe Rot!

Ich sage nichts. Ich gurgle das Mineralwasser runter, als hätte ich gerade die Wüste durchquert.

»Was ich mich nur frage«, sagt Mama, »ist, weshalb ihr euch zerstritten habt.«
»Mama«, sage ich, »gib dir keine Mühe. Das ist eine Sache zwischen mir und den anderen. Das muss ich ganz allein mit mir selber ausmachen.«
»Und warum?«, fragt Papa sanft. Sie lassen mich nicht aus den Augen. Ich weiß jetzt, wie sich ein Tier fühlt, das in der Falle steckt. Ich möchte raus! Raus!
»Weil ich es euch nicht sagen kann!«, schreie ich und springe auf. Mamas Glas kippt um. Die Serviette segelt auf den Boden. Die Leute vom Nachbartisch schauen mich strafend an. Ich bekomme einen roten Kopf, Mama ist erschrocken, Papa verärgert.
So weit habe ich es also gebracht.
Ein schöner Abend sollte es werden und ich hab wieder alles vermasselt. Meine Eltern hätten wirklich eine bessere Tochter verdient. Eine, die nicht so kopflos wird im Chaos wie ich, eine, die mehr Selbstbewusstsein hat.
»Es war ein Fehler«, sagt Mama, »wir sind viel zu sehr in dich gedrungen. Wenn du etwas für dich behalten willst, mein Schätzchen«, jetzt kommen ihr auch die Tränen, »dann ist es eben so. Dann lassen wir dich damit in Ruhe.«
Ich setze mich also wieder hin.
Der Kellner bringt eine neue Serviette. Papa bestellt noch einen Wein. Mama streichelt meine Hand. Ich kämpfe mit den Tränen.
»Alles okay?«, fragt der Kellner und lächelt mir zu.
Ich bin tapfer. Ich bin erwachsen. Ich komm zurecht.
»Si«, sage ich.

In der Nacht wache ich mindestens hundertmal auf. Mama und Papa haben noch lange in ihrem Zimmer miteinander geredet. Ich konnte ihre Stimmen hören. Manchmal haben sie gelacht. Und irgendwann sind sie eingeschlafen, jedenfalls war alles ruhig und ich hatte die Augen immer noch weit auf. Jetzt ist es halb sieben Uhr und gleich klingelt mein Wecker, dabei sitze ich schon seit Stunden an meinem Schreibtisch.
Heute schicke ich Omi eine E-Mail. Omi möchte immer wissen, was aus meinem Buch wird. Aber ich glaube nicht, dass ich diese Geschichte jemals irgendjemandem zeigen werde.

7. Kapitel

»Wird alles gut«, hatte Carus gesagt, nachdem ich in der S-Bahn auf unsere Freundschaft Wodka getrunken hatte. Aber es wurde nie wieder richtig gut. Äußerlich war alles okay: Wir trafen uns weiterhin fast jeden Nachmittag. Und als im Herbst das Wetter schlechter wurde, hingen wir regelmäßig im *Flohzirkus* ab. Mit Alkohol hielten sich jetzt alle ein bisschen zurück, schon allein weil die Eltern verschärft kontrollierten. Aber dann – so um Weihnachten muss es gewesen sein – haben Carus und Benny angefangen, von sogenannten Designerdrogen zu reden. Klar, *Designerdroge* klingt ja auch total schick! Ich weiß nicht genau, wann sie begannen, das Zeug einzuschmeißen, denn seit Noahs Geburtstag war ich irgendwie der Außenseiter. Mir wurde einfach nicht mehr alles erzählt.

Aber ehrlich gesagt war mir das auch nicht so wichtig. Ich machte mir viel mehr Sorgen um meine Beziehung mit Carus. Die war seit dem Sommer merklich abgekühlt. Manchmal schien er von mir richtig angenervt zu sein und er hatte natürlich überhaupt keine Lust mehr, irgendetwas mit mir alleine zu unternehmen.

Irgendwann habe ich all meinen Mut zusammengenommen, in der großen Pause, als wir aus dem Musiksaal kamen (Tulli hat Flöte gespielt – der reine Horror! Querflöte! Irgendwas von Telemann. Sie wollte uns mit Gewalt für Klassik begeistern. Aber mit einer Querflöte alleine schaffte sie es nicht). Carus ging mit mir zusammen durch die Tür. Und

da hab ich mir ein Herz gefasst und gesagt: »Kann ich dich nachher mal kurz sprechen?«
Er war total freundlich, ganz normal. Hat mit den Schultern gezuckt und gesagt: »Klar, von mir aus jetzt gleich. Worum geht's?«
Da blieb mir schon wieder alles im Hals stecken.
Worum es ging? Um unsere Liebe. Um die Frage, ob wir nun eigentlich noch zusammen waren oder nicht. Ob ich sagen konnte: Carus ist mein Freund, dem ich vertraue, mit dem ich alles besprechen kann, mit dem ich rumschmusen kann. Und von dem ich weiß, dass er das nicht mit einem anderen Mädchen macht. Es ging um die Frage, ob Carus mich immer noch so gut fand wie – sagen wir – zwei Monate zuvor und wann er mir das endlich mal wieder zeigen würde.
Hat jemand eigentlich schon mal irgendwo aufgeschrieben, wie schwierig es ist, so ein Gespräch zu beginnen? Steht das irgendwo?
Vielleicht wäre das der richtige Anfang für mein Buch:
Ein Mädchen, sagen wir, Lara Weisskamp, vierzehn, ging mit einem Jungen, sagen wir Carus Bienfeit, fünfzehn, über den Schulhof. Es war Mittwoch und der Himmel mehr grau als blau. Noch vor einer Stunde hatte es geregnet. Auf dem welligen Asphalt des Pausenhofes bildeten sich Pfützen, in die die Kids aus der Unterstufe sprangen, um die anderen nass zu spritzen. Das übliche Chaos an der Getränketheke, weil wieder mal zu wenig freiwillige Helfer da waren, um alle möglichst zügig zu bedienen. Auf den Mauern hockten Leute und schrieben die Hausaufgaben ab. Andere spielten

an ihren iPods rum und wippten wie im Trance zu der Musik, die nur sie hören konnten.
Tulli ging, die Hände auf dem Rücken verschränkt, mit gesenktem Kopf herum und bemerkte gar nichts. Schon gar nicht die zwei Typen, die Türken, die auf dem Schulhof Ecstasy-Pillen verkauften. Ich wusste, wie sie hießen, Selim und Mohammed. Sie kommen aus Neukölln und sie gehören zu einer Gang von Dealern. Die beiden sind wahrscheinlich hauptsächlich für unsere Schule zuständig. In jeder großen Pause sind sie da, um ihr Zeug zu verscherbeln. Mischen sich unter die Schüler, total locker, hauen jedem Jungen auf die Schulter, hey, Max, wie geht's. Hallo Andi, war ein klasse Fußballspiel gestern, oder? Mensch, Finn, wieso sieht man dich nicht mehr beim Training?
Die Lehrer denken, das sind Freunde von denen. Kumpel, die sich in der großen Pause verabreden. Dabei kennen die Leute aus unserer Schule die beiden nur vom Sehen. Aber die spielen das perfekt, schlendern über den Schulhof und irgendwann landen sie mit ein paar Typen in der hinteren Ecke, bei den Fahrradständern, da, wo die Sachen vom Sportplatz aufbewahrt werden, ein kaputtes Tor, Latten und so weiter. Da werden dann heimlich kleine Päckchen verschoben und Geldscheine wechseln den Besitzer. Einer steht Schmiere, passt auf, ob einer von der Aufsicht in die Nähe kommt. Wenn ja, hat er die Aufgabe, den abzulenken.
Was mich so fertigmacht: Jeder bei uns weiß, was abläuft. Bloß die Lehrer nicht. Und der Direktor. Oder die wollen es nicht wissen. Ist ja auch einfacher.
Und es kommt keiner in der Schule auf die Idee, so was öf-

fentlich zu machen. Wenn wir eine Schülerzeitung hätten, würde ich einen Artikel schreiben oder einen Leserbrief. Aber wahrscheinlich würden sie den nicht mal drucken. So genau weiß ich natürlich auch nicht, wie viele an unserer Schule Drogen nehmen – aber es sind bestimmt mehr als zehn Prozent.

Ich spreche von weichen Drogen. Ecstasy und Speed. Manchmal wird auch gekifft. Aber kein Heroin oder so. Das nimmt bei uns an der Schule glaube ich keiner. Jedenfalls sagt Carus das.

Also, Carus und ich gingen über diesen Schulhof und redeten. Ich fing an.

»Und sonst?«, fragte ich.

Er darauf: »Cool. Alles im grünen Bereich.«

»Prima«, sagte ich.

»Ja«, sagte er, »cool.«

»Und mit uns?«, fragte ich.

»Wieso? Mit uns? Was soll mit uns sein?«, fragte Carus zurück.

Ich wurde rot, atmete tief durch.

»Sind wir nun Freunde oder nicht?«, fragte ich.

»Klar sind wir Freunde. Logo. Oh Mann, ist das das Gespräch, das du führen wolltest? Ob wir Freunde sind?«

Er schaute sich schon genervt nach den anderen Leuten um. Normalerweise war unsere Clique auch in der großen Pause immer zusammen. Eigentlich waren wir eben wirklich immer zusammen. Das war so eine Gruppendynamik, als wenn einer immerzu auf die anderen aufpasste, als wenn man immer unter Aufsicht wäre. Ich bekomme manchmal eine richtige Gänsehaut, wenn ich daran zurückdenke. Ein Wunder, dass ich mit Carus allein über den Schulhof spazieren konnte, ohne dass Benni, Sonja oder Franzi angerannt kamen. Oder Jackie.

»Ich finde bloß«, sagte ich, »dass wir uns in der letzten Zeit überhaupt nicht mehr sehen«.

»Nicht mehr sehen? Und was machen wir hier gerade?«, fragte Carus. Er war wirklich genervt. Das nervte mich jetzt auch.

Ich wurde ein bisschen lauter. Ich wusste, dass er das hasste, aber egal.

»Du weißt genau, was ich meine. Dass wir, ich meine, nur du und ich, etwas zusammen machen«, sagte ich. »So wie früher.«

Carus blieb stehen, stopfte die Hände tief in seine Hosentaschen, stellte die Fußspitzen nach innen und betrachtete seine neuen Turnschuhe. Schwarz, mit weißem Muster, dicke Schuhbänder und superdicke Gummisohlen, mit einem Profil wie ein Reifen von Crosscountry-Motorrädern. Als er die Schuhe neu hatte, musste ich mir genau die Profilsohle ansehen und ihm sagen, woran mich das erinnerte. Und ich musste sagen: an die Profile von Crosscountry-Motorräderreifen. Ich hab das nicht gesagt, weil es mir blöderweise nicht eingefallen ist. Da hat er sich angeödet abgewandt. Das war das letzte Mal, dass wir alleine gewesen waren. Exakt eine Woche war das jetzt her.

»Also, was sollen wir machen? Was möchtest du, was wir machen?«, fragte Carus und schaute auf die Schuhspitzen.

»Keine Ahnung, irgendwas. Kino, zum Beispiel.«

»Ich hab kein Geld«, sagte Carus.

»Ja, weil ihr immer alles für eure Pillen ausgebt«, sagte ich. »Das finde ich so was von blöd.«

»Du findest es also besser, das Geld für Kino auszugeben?«

»Ja, finde ich«, sagte ich tapfer.

Er hob den Kopf. »Und wenn ich es nun lieber für ein bisschen Spaß ausgebe?«

Es hatte keinen Sinn. Ich fing noch mal an.

»Da läuft gerade ein superguter Film mit Tilda Swinton«, sagte ich. »Im Broadway.«

»Ich kenne keine Tilda Swinton«, sagte Carus.

»Die ist super«, sagte ich. »Eine Hammer-Frau.«

Carus schaute mich an.

»Ich könnte dich einladen«, sagte ich schnell, bevor er wieder was sagte. »Ich hab ein bisschen Geld verdient, Babysitten.«

»Ah, bei Oskar«, sagte Carus und verzog das Gesicht.

»Ja, genau«, sagte ich, »bei Oskar. Seine Eltern mussten zu einer Beerdigung. Zwei Tage. Da habe ich auf ihn aufgepasst. Und dafür ziemlich viel Geld bekommen.«

Carus schaute mich an. »Wie viel?«, fragte er.

»Achtzig«, sagte ich.

Carus Augen weiteten sich. Ein Lächeln zauberte sich auf einmal auf sein Gesicht. »Ist nicht wahr«, sagte er, »du hast achtzig Euro in der Tasche?«

»Ja«, sagte ich, »insgesamt, mit Taschengeld. Wir könnten auch was anderes machen mit dem Geld. Ich dachte, wir könnten einen ganzen Tag, Sonntag, zum Beispiel, irgendwo hinfahren, mal nur wir beide. An den Grunewaldsee,

zum Beispiel, ein Ruderboot mieten, Eis essen gehen, solche Sachen eben.«
»Du bist meine Rettung«, sagte Carus und nahm mich in den Arm. Und lachte. Mitten auf dem Schulhof standen Lara und Carus und umarmten sich. Ich lachte auch und boxte ihn ein bisschen. Carus gab mir einen Kuss. Mitten auf den Mund, mitten auf dem Schulhof, mitten im Leben. Irgendwie irre. Aber niemand guckte. Wir waren ja nicht die Einzigen, die sich auf dem Schulhof küssen. Sogar die Lehrer sagten nichts.
»Du bist echt die Größte«, sagte Carus und strahlte mich an. Und ich strahlte zurück.
Schon verrückt, wie viel Freude man einem Typen machen kann, wenn man ihm sagt, dass man ein bisschen Geld verdient hat.
Mir machte es Spaß, auf Oskar aufzupassen. Er kann eben nachts nicht alleine sein, er findet den Lichtschalter nicht, wenn er aufs Klo muss, und manchmal verwechselt er die Küche mit dem Bad, solche Sachen, die können echt peinlich sein. Da ist es besser, wenn jemand bei ihm schläft und aufpasst. Er ist auch einmal im Schlaf unten auf der Straße spazieren gegangen. Wie in Trance. Und dann hat er nicht mehr gewusst, wo er war, in seinem Schlafanzug. Und hat sich hingesetzt und geheult. Damit so was nicht passiert, schlafe ich bei Oskar, wenn seine Eltern wegfahren müssen. Und dafür spendieren sie mir richtig viel Geld, müssten sie gar nicht. Aber sie tun es gerne, weil sie mich mögen, sagen sie, und weil Oskar mich auch so gerne mag. Weil ich ein Glücksfall für sie bin. Deshalb das viele Geld.

Der Pausengong läutete. Die Pause war zu Ende. Die ersten Kids stürmten schon wieder ins Haus, als könnten sie nicht schnell genug auf ihre Plätze kommen. Die Älteren trödelten noch, steckten die Hände in die Hosentaschen und gingen noch mal demonstrativ in die andere Richtung.

»Könntest du mir zwanzig borgen?«, fragte Carus. »Jetzt gleich?«

Damit hatte ich nicht gerechnet. Das traf mich irgendwie unerwartet. Ich verleihe eigentlich mein Geld aus Prinzip nicht. Papa sagt immer, das sei die sicherste Art, Freunde zu verlieren, wenn man ihnen Geld borgt.

Aber wenn Carus fragte ... Der Fall lag einfach anders.

»Klar«, sagte ich, »kann ich.«

»Du hast es bei dir?«, fragte Carus. Seine Augen wurden ganz starr. Richtig gierig. Das fand ich peinlich und ich war auch ein bisschen verletzt, aber das zeigte ich ihm nicht, dazu war ich zu stolz.

Die Schüler tobten an uns vorbei. Jemand sprang von seinem Skateboard, schnappte es sich im Laufen und haute mir das Teil gegen den Ellenbogen, als ich gerade mein Portemonnaie fischen wollte, ein Geschenk von Omi. Vom Amazonas. Die Indianer stanzen das Leder und arbeiten Verzierungen rein, das sieht richtig cool aus. Alle beneiden mich darum.

Ich nahm also einen Zwanzig-Euro-Schein aus dem Portemonnaie. So schnell konnte ich gar nicht gucken, wie Carus ihn sich geschnappt und in seiner Cargohose verstaut hat.

»Danke«, sagte er. »Bist echt klasse. Weißt du das eigentlich?«

Er lächelte, beugte sich vor und küsste mich.
Das wollte ich eigentlich hören, dass er mich klasse fand. Aber nicht unter diesen Umständen.
»Du kriegst die Kohle zurück«, sagte Carus, »damit das klar ist. Nur geborgt, nicht geschenkt oder so.«
Ich hatte nicht im Traum daran gedacht, ihm das Geld zu schenken. Ich fand es geradezu komisch, dass er das überhaupt erwähnte. Warum sollte ich ihm das Geld schenken?
»Wieso sollte ich dir das Geld schenken?«, fragte ich, irgendwie fassungslos.
»Sollst du doch gar nicht«, sagte er und grinste. »Aber wenn wir ins Kino gegangen wären, mit Cola und Popcorn – dann wäre es auch weg gewesen«, sagte er.
War er so blöd oder tat er nur so, dass er den Unterschied nicht bemerkte? Ein Kinobesuch mit Carus, das wäre ... ja, was wäre das eigentlich?
Ein wunderschöner Nachmittag in meinem Leben. Etwas, auf das ich mich schon Tage vorher hätte freuen können. Etwas, das Farbe in den grauen Alltag gebracht hätte. Ich hätte mir überlegt, welchen Film wir ansehen, was ich anziehe und ob ich ihm erlaube, während der Vorstellung seine Hand auf meine Knie zu legen. Oder meinen Busen. Ich hätte davon träumen können, dass wir uns bei der Liebesszene innig küssten. Und was wir machen würden, wenn wir aus dem Kino wieder raus waren.
Der Schulhof war schon fast leer. Carus schaute sich um wie gehetzt. »Wir müssen rein«, sagte ich. »Deutsch fängt gleich an. Oh Mann und ich hab keine Ahnung, was das Gedicht soll.«

Wir nahmen gerade die Gedichte von Ernst Jandl durch. Einige sind ja ganz lustig, aber manche machen doch echt keinen Sinn.
»Hau schon mal ab«, sagte Carus, »ich komm gleich nach.«
»Wohin willst du denn noch?«, fragte ich.
Der zweite Gong hatte schon geschlagen.
Carus grinste. »Na, wohin wohl? Pinkeln natürlich. Willst du etwa mit?«

8. Kapitel

Omi ist von ihrer Luxuskreuzfahrt zurück in Berlin. Sie hat mir so viele Geschenke mitgebracht, dass sie dafür extra eine neue Tasche kaufen musste. Tücher, Schuhe, Sandalen, Haarschmuck, Gürtel. Ich war so überwältigt. Einfach unfassbar, dass es jemanden gibt, der unablässig darüber nachdenkt, wie er mir eine Freude machen kann. Omi sagt, sie beschenkt sich immer selbst, wenn sie mich beschenkt, weil ihr das Aussuchen, Kaufen und Über-Geschenke-Nachdenken so einen Spaß macht.

Sie hat auf der Reise hundertfünfzig Seiten von ihrem neuen Roman geschafft. Sie hat mir den Stapel gezeigt. Sieht schon imponierend aus. Sie schreibt einen politischen Abenteuerroman. Er spielt auf Sri Lanka und handelt von dem Konflikt zwischen den Buddhisten und den Tamilen.

»Und dein Buch?«, hat sie gefragt. Das war peinlich. Ich habe erst so einen großen Wind darum gemacht, dass ich ein Buch schreiben will, und dann kann ich nichts präsentieren.

»Hast du überhaupt nichts geschrieben?« Man konnte richtig ihre Enttäuschung merken. Omi glaubt nämlich, dass ich ihre Begabung fürs Schreiben geerbt habe. Sie glaubt, dass der Erfolg eines guten Schriftstellers zur Hälfte vom Talent und zur anderen Hälfte von seinem Fleiß abhängt. Omi schreibt fast jeden Tag, sogar Weihnachten, und auch wenn sie in der Welt unterwegs ist. Sie braucht ja nur ihre kleine Reiseschreibmaschine, die nimmt sie überallhin mit. Und so schreibt sie mal ein Kapitel ihres Buches auf dem Sonnendeck eines Luxusliners oder in einem kleinen Hinterhof-Hotelzimmer oder am Strand unter einer Palme. Ein unglaubliches Leben. Und wen sie wieder alles getroffen hat auf ihrer Reise. Ich kenne niemanden, der so viele berühmte Leute persönlich gesprochen hat wie meine Omi.

Ich bewundere sie, weil sie meine Omi ist, aber wenn sie nicht meine Omi wäre, würde ich sie auch bewundern, das weiß ich. Sie ist ganz anders als Mami und Papi. Bei Mami und Papi hab ich immer Angst, dass sie etwas, was ich sage, in den falschen Hals bekommen könnten. Sie wollen, dass ich gute Noten nach Hause bringe, keine Probleme mache und immer das liebe Kind bin. Omi hingegen möchte, dass ich mich mit dem Leben auseinandersetze, mit der Umwelt, der Gesellschaft, sie redet mit mir über Politik, über Religionen. Und über Sex. Echt wahr.

Ich kann mit meiner Omi zum Beispiel darüber reden, dass Carus mich am Anfang gefragt hatte, ob ich schon mal mit einem Jungen geschlafen habe. Und dass mich das so umgehauen hat, dass ich darauf überhaupt keine Antwort gewusst habe.

»Hat er denn schon mit einem Mädchen geschlafen?«, fragte Omi.

Peng, das wäre genau die Gegenfrage gewesen, die ich hätte stellen müssen.

Omi weiß inzwischen auch, dass es zwischen Carus und mir aus ist. Und dass ich nicht mehr weiß, woran ich eigentlich bin.

Ich werde meiner Omi zeigen, was ich geschrieben habe. Ich meine, diese Seiten hier, dazu habe ich mich jetzt entschlossen. Ich weiß selbst, dass es mehr ein Tagebuch als eine richtige Geschichte ist. Aber macht nichts. Vielleicht kann ein Profi wie sie mir sagen, wie es weitergehen soll. Ich könnte ja die Namen austauschen und so tun, als wären es erfundene Figuren, und mir dann für die Figur, die früher Lara Weisskamp hieß und jetzt vielleicht Ramona oder so (Ramona!!! – wie ich nun wieder darauf gekommen bin!!!), ein tolles Happy End ausdenken. Oder einen Krimi? Sie könnte in was verwickelt werden, ein Verbrechen, und man verdächtigt sie zu Unrecht. Und sie verstrickt sich in Lügen, weil sie kein Alibi hat. Oder sie findet ihre große Liebe. Wäre auch nicht schlecht.

Omi hatte ich auch von Selim und Mohammed erzählt. Das war, noch bevor sie nach Amsterdam gefahren ist, um die Kreuzfahrt zu machen.

Ich hab ihr also erzählt, was bei uns in den großen Pausen abläuft, dass die Lehrer nicht hingucken. Und die Schüler einfach so tun, als sei nichts. Und dass ich das ziemlich merkwürdig finde. Richtig feige. Ich meine, wenn man keine Drogen an der Schule will, dann muss man doch erst mal offen zugeben, dass es Leute wie Selim und Mohammed gibt, die ein und aus gehen können auf dem Schulhof und einen Haufen Leute mit Stoff versorgen. Erst dann kann man anfangen, über Wege nachzudenken, so etwas in Zukunft zu verhindern.

Omi wollte sofort wissen, ob Selim oder Mohammed mir schon jemals irgendwelche Pillen angeboten hätten. Ich merkte, dass ihr der Gedanke richtig Angst machte.

Ich hab nur gelacht. »Mir doch nicht.«

»Und warum sagst du das so, als wäre das unmöglich?«, hat Omi gefragt.
»Weiß nicht. Seh ich etwa aus wie jemand, der irgendetwas einschmeißen muss?«
Und dann fragte Omi auch nach dem *Flohzirkus*. Sie sagte, sie habe dabei ein komisches Gefühl. Sie finde das alles nicht so gut.
»Wieso nicht?«, fragte ich. »Was hast du gegen Jugendklubs? Da haben die Leute wenigstens einen Treffpunkt. Da können sie Billard spielen, Musik hören, es gibt einen Coffeeshop, und wenn Partys sind, wird daraus eine Bar. Es gibt eine richtig gute Musikanlage, profimäßig, und die Leute, die sich engagiert haben für den Jugendklub, haben auf Flohmärkten alte Sofas, Sitzkissen und Sessel zusammengetragen und daraus so eine Art Wohnzimmer gemacht. Total gemütlich wirkt das. Mal abgesehen davon, dass aus manchen Sesseln die Staubwolke hochquillt, wenn man sich reinfallen lässt.«
»Ach«, sagte Omi, »das hört sich nicht gut an.«
»Wieso hört sich das nicht gut an?«
»Solche Plätze ziehen immer die falschen Leute an.«
»Was denn für falsche Leute?«
»Na, Leute, die andere zu was überreden wollen. Oder einfach nur auf Streit aus sind. Oder Skinheads. Diese Jugendklubs sind doch heute alle in der Hand von Neonazis.«
»Mensch, Omi«, sagte ich, »das stimmt doch überhaupt nicht. Bei uns im *Flohzirkus* läuft nicht ein einziger Neonazi rum. Keine Glatze. Eher so Hip-Hop-Typen, Leute, die einen Haufen Geld für Klamotten, teure Uhren und teure

Schuhe ausgeben. Leute, die ein bisschen Spaß haben und abtanzen wollen. Die einfach mal für ein paar Stunden ihre Probleme vergessen wollen – die blöde Schule, den blöden Job, ein Fluchtpunkt, eine Pause ist das. Da sucht keiner Streit.«

»Na, hoffentlich hast du recht. Kennst du denn alle Leute, die da ein und aus gehen?«

»Fast alle«, log ich.

»Und was ist mit Drogen?«, fragte Omi.

»Mann«, sagte ich. »Omi, es gibt eine Hausordnung, in der steht, dass Drogen im *Flohzirkus* verboten sind."

»Und was ist trotzdem mit Drogen?«, fragte Omi. »Bist du sicher, dass sich keine kleinen Dealer unter die Leute mischen, auf Partys und so?«

In diesem Moment kam Mama zur Tür herein und Omi legte schnell ihre Hand auf meine und sagte: »Versprich mir, dass du dich nie zu so was überreden lässt.«

»Muss ich aber nicht erst versprechen«, hab ich gesagt. »Ich weiß, dass ich das nie tun würde.«

Für Leute, die noch nie in einem Jugendklub eine private Party mitgemacht haben, Folgendes: Ich rede jetzt mal nur von dem *Flohzirkus*. Also dem Jugendklub in der Zeppelinstraße.

Von außen sieht das Haus auch nicht aus wie alle anderen. Die anderen sind nämlich grau oder weiß getüncht oder ockerfarben. Dieses Haus ist rot. Aus roten Ziegeln gebaut, bis unter das Dach. Die Dachrinne ist in der Mitte abgesackt und da, wo jetzt bei Regen das Wasser herunterrauscht, steht eine rostige Tonne, grün, mit roter Aufschrift

BERLINER KINDL. Das kann aber nur der entziffern, der weiß, was draufsteht.
Die eigentliche Eingangstür ist mit Bolzen verrammelt. Man muss durch den Torbogen, der das Klinkerhaus von dem grauen Nebenhaus trennt, in den Hinterhof und da den rückwärtigen Eingang nehmen. Erst geht es durch einen schmalen, fensterlosen Gang, der meist vollgestellt ist – mal mit Musikinstrumenten, mal mit leeren Flaschenkisten, mal mit irgendwelchen Requisiten von einer Theatergruppe –, zurück in das Vorderhaus. Das teilt sich in zwei große Zimmer, die mit einer Doppeltür getrennt werden können, meistens aber durchgängig offen sind.
Rechts der Billardraum, links die Bar. Eine Theke, alte Sofas, Sessel etc. und eine Million Aschenbecher, die aber nie benutzt werden, was man an den Brandlöchern im Holzfußboden sieht. Falls er mal gefegt oder gewischt ist.
Das Schönste an dem Barraum ist das bunte Glasfenster in Richtung Toreinfahrt. Abends fällt das Licht der Straßenlaternen durch das bunte Glas und dann denkt man, man ist in einer schönen gotischen Kirche. Wir waren mit der Klasse mal in Speyer und haben den Dom besichtigt. Seitdem schwärme ich für bunte Glasfenster. Die haben etwas Magisches.
Sonst gibt es in dem Raum nichts Bemerkenswertes, außer vielleicht ein paar Graffiti an den Wänden und Poster. Die ändern sich von Zeit zu Zeit, meist sind es Poster von irgendwelchen Musikgruppen. Sexfotos, die auch schon mal angeklebt werden, reißt der Sozialhelfer, der hier hin und wieder vorbeikommt, eigenhändig ab.

Vom Billardzimmer kommt man in einen anderen Gang, der zu den Toiletten führt. Es gibt zwei Toiletten, eine, an der ein Bild von Pippi Langstrumpf klebt (also für MÄDCHEN), und eine, an der Obelix klebt (also JUNGS), dahinter eine kleine Küche, über die ich lieber nicht reden möchte, weil sie so bestialisch verschlampt ist und meistens nach altem Fett oder abgestandenem Bier stinkt. Und eine schmale Holztreppe, die in den ersten Stock führt. Dort oben gibt es vier Zimmer. Eins ist für Kids, die nachmittags nach der Schule nicht nach Hause können – oder wollen – und hier Schularbeiten machen können unter Aufsicht. Die Aufsicht besteht aus Zivis oder Freiwilligen vom Helene-Lange-Gymnasium. Manchmal sind das grässliche Puten, die schon mal ausprobieren, wie gemein und streng sie später als Lehrerinnen sein werden. Aber manchmal sind es auch fröhliche, entspannte Typen.

Ein Raum nennt sich »Raum der Stille«. Der ist mit Matratzen ausgelegt und in dem darf man nichts. Nicht rauchen, nicht trinken, nicht essen, nicht Musik hören, nicht reden. Das ist die Oase. Wir nennen es jedenfalls Oase und allen ist der Raum irgendwie heilig. Das ist auch der sauberste Raum in dem Haus. Dort machen alle freiwillig sauber oder niemand macht etwas schmutzig. Man zieht die Schuhe aus, wenn man den Raum betritt, und hockt sich auf eine Matratze, meist mit angezogenen Knien, den Rücken gegen die Wand. Manche legen sich auch flach auf den Rücken, manche auf den Bauch. Man starrt ins Leere. Oder man schließt die Augen und träumt. Von unserer Clique war ich die Ein-

zige, die den Raum manchmal benutzte. Dabei habe ich zu Hause ja auch ein Zimmer, in dem ich es so still haben kann, wie ich will.
Aber das hier war anders. Weil um einen herum sonst so ein Chaos war und weil man nur ein, zwei Schritte tun musste, um mitten unter lustigen und fröhlichen Typen zu sein, war es eben so etwas Besonderes, wenn man sich entschlossen hatte für einen Augenblick der Stille.
Omi würde sagen: einen Augenblick der Besinnung.
Seit ich Omi von dem Raum erzählt habe, hat sich ihre Meinung über den *Flohzirkus* relativiert. Sie hat sogar gefragt, ob sie mal mitkommen kann. Aber seit der Party im März gehe ich dort nicht mehr hin und außerdem ist es ja vollkommen undenkbar, dass eine Frau wie Omi – sie wird dieses Jahr dreiundsechzig!!! – dort erscheint. Die Leute würden tot umfallen.
Der dritte Raum ist der Workshop-Raum. Hier kann man malen, basteln, handwerkern, hier gibt es eine Hobelbank und Farben und Pinsel. Nicht besonders gutes Zeug, aber das Geld reicht eben nie für mehr.
Der vierte und letzte Raum ist immer abgeschlossen, hier können sich die Zivis oder die Sozialhelfer zurückziehen zu Gesprächen und Arbeiten, was weiß ich. Nur ein paar Leute haben einen Schlüssel für den Raum.
Es kommen regelmäßig ungefähr fünf oder sechs Cliquen dorthin. Eigentlich hat jede Clique ihren Tag. Unser Tag war der Dienstag. Wir spielten eine Runde Billard und setzten uns bei schönem Wetter mit unseren Klappstühlen in den Innenhof, redeten, rauchten, hörten Musik, bis aus ir-

gendeinem angrenzenden Haus jemand aus dem Fenster »RUHE!!!« brüllte.

Wenn man mich fragen würde: Wie findest du eigentlich den *Flohzirkus?*, würde ich sagen: Geht so. Nicht schlecht, weil er ja immerhin eine Anlaufadresse für Leute ist, die sonst nicht wissen, wohin, aber auch nicht richtig gut. Dafür ist er zu versifft, zu schmutzig, zu stinkend, und oft trifft man da Leute, die man lieber nicht sehen würde. Oft gibt es auch Ärger, Prügeleien und so.

Und man weiß gar nicht, wer jetzt warum auf wen sauer ist.

Benni sagte, alle Jugendklubs sehen so ähnlich aus. Manche haben noch eine Tischtennisplatte im Hof oder eine Dartscheibe zwischen den Klotüren. Aber alle sind irgendwie ähnlich.

Ach ja, wir haben noch einen Fahrradkeller. In dem kann man sein Fahrrad auch reparieren. Aber eigentlich ist das mehr ein Treffpunkt für die ganz finsteren Typen. Die tauchen nur selten im Klub auf – und dann geht man ihnen besser aus dem Weg.

Weil es aber noch keine organisierten Veranstaltungen gibt, jedenfalls nicht regelmäßig, hat sich so eine Partyszene etabliert. Mal organisiert der eine eine private Party, mal der andere. Je mehr sich der Event rumspricht, desto mehr Leute kommen. Meistens nimmt man Eintritt, um die Sache übersichtlich zu halten.

Dann gibt es einen Stempel auf den Handrücken.

Die private Party ist eigentlich nichts anderes als ein normaler Abend im *Flohzirkus:* bloß dass man sich irgendwie rausputzt, sich schicker anzieht, ein bisschen sexy vielleicht.

Jedenfalls sieht man nicht so aus wie morgens in der Schule. Und es gibt gute Musik. Einer bringt seine privaten CDs mit und manchmal macht einer den DJ. Und manchmal gibt es sogar was zu essen. Aufgeschnittene Salami, Käsewürfel und so.
Noah hatte für die Party auch was Gutes zu futtern versprochen. Wir brauchen eine feste Grundlage, sagte er, damit wir nicht wieder so schnell aus den Latschen kippen. Wie damals. Am See.
Und alle haben gelacht. Bis auf Benni und mich.
Die Party im *Flohzirkus* war an einem Samstag im März. Mama und Papa waren nach dem Mittagessen in die Stadt gegangen. Mama musste nicht arbeiten und sie wollten eine neue Waschmaschine kaufen. Papa hatte gesagt, jetzt schleifst du mich durch drei Geschäfte und ich muss mir hundert Waschmaschinen ansehen und nachher kaufst du doch eine Miele.
Ich wusste nicht, was ich abends anziehen sollte. Alle meine Klamotten hab ich aus dem Schrank gezerrt, alle möglichen Kombinationen ausprobiert. Aber irgendwie gefiel mir nichts.
Die anderen stylten sich bestimmt total auf.
Aber ich finde immer, mir steht das nicht. Sonja hatte sich ein Tattoo auf die linke Schulter stechen lassen. Und Dörte hatte ein neues Bauchnabelpiercing. Mir war schon schlecht geworden, als sie es mir gezeigt hatte. Bestimmt tat es höllisch weh, die Stelle war nämlich ganz rot und richtig entzündet. Aber Dörte, tapfer, sagte, nö, ist überhaupt nicht schlimm. Jetzt konnte sie immer nur kleine, nabelkurze T-

Shirts tragen, damit man das Piercing sah, aber ich glaube auch, weil die Schmerzen noch schlimmer wurden, wenn die Klamotten dagegenrieben.
Sollte ich einfach nur Jeans und einen Schlabberpulli anziehen?
Carus mochte mich ja am liebsten, wenn ich den schwarzen Minirock anzog und dazu die Sandalen mit dem hohen Absatz. Aber ich fühlte mich darin immer so unsicher, besonders wenn ich in einem der tiefen Sessel versank, ich dachte immer, da sehen die Leute mein Höschen. Das wär mir so superpeinlich, ich würde in der Erde versinken. Obwohl, wenn Ana Ivanovic oder Maria Scharapowa Tennis spielen und zehn Millionen Fernsehzuschauer gaffen, sieht man auch mal das Höschen. Irgendwie ist das heute schon total gesellschaftsfähig, aber mir ist es peinlich und basta.
Also lieber Jeans. Aber welche? Aus meiner engen Lieblingsjeans war ich rausgewachsen und in der einzigen, die mir noch richtig passte, hatte ich einen Hängehintern. Hatte jedenfalls Sonja gemeint. Als ich die Hose in der Schule anhatte, war sie um mich rumgegangen und hatte gesagt: »Sag mal, hast du einen Hängearsch?«
Und das vor Benni und Noah. Bloß gut, dass wenigstens Carus nicht dabei war.
Von mir aus hätte Carus Brillengläser mit fünf Dioptrien haben können oder so einen Hinkefuß, wie ihn Benjamin Lebert in CRAZY beschreibt. Ich hätte ihn trotzdem geliebt. Das Äußerliche ist doch nicht das, was man liebt. Man verliebt sich doch in das Wesen eines Menschen, in seine Stimme, oder in seine Art oder seine Gedanken über Gott

und die Welt. Und nicht in so was blödes Äußeres wie neue Turnschuhe oder einen straffen kleinen Hintern.

Eigentlich wusste ich damals schon gar nicht mehr, warum ich mich in Carus verliebt hatte. Seine Stimme? Bestimmt nicht. In der Schule nuschelte er so, wenn er seinen Aufsatz vorlesen musste, dass ihn kein Mensch verstand. Er machte das extra, aber die Lehrer wurden immer wütend. Die Schüler hörten ja sowieso nicht zu.

Und sein Wesen?

Ach, ich weiß nicht. Früher hatte ich gedacht, er sei ein toller, wunderbarer Mensch, aber wenn ich ehrlich war, wusste ich es nicht.

Vielleicht gibt es ja gar keine tollen, wunderbaren Menschen. Und wir reden es uns für eine kurze Weile nur ein, dass der oder der toll und wunderbar ist, damit wir einen Grund haben, uns in ihn zu verlieben. Sozusagen ein Alibi für die Liebe.

Eigentlich belügen wir uns immerzu selbst.

Ich entschied mich doch für die Jeans mit dem Hängearsch, um zu zeigen, dass mir die Meinung der anderen egal war.

Wieso Sonja nicht anrief?

Sie hatte versprochen, gegen zwölf anzurufen, um auszumachen, wo wir uns treffen und so. Wir wollten ja als Clique auftreten. Wir gingen nie einzeln zu einer Fete oder zu irgendeinem Ereignis. Immer nur als Gruppe.

Das war schon ein irres Gefühl, wenn man zu mehreren auftrat. Da konzentrierte sich alles. Unser Aussehen, unsere Klamotten, unser Lachen. Da war man stark.

Sonja hatte gesagt, sie riefe an, um mir mitzuteilen, wann wir

uns treffen. Und vielleicht käme sie auch noch vorher vorbei, dann könnten wir uns gegenseitig ein bisschen schminken oder uns noch irgendwas Verrücktes ausdenken.
Ich hatte Sonja nicht darum gebeten. Sie hatte es von sich aus angeboten. In den letzten Tagen war sie überhaupt wieder ganz süß gewesen. Wir müssten mal wieder einen Mädelsnachmittag machen, hatte sie gesagt und den Arm um mich gelegt. Nur wir zwei.
Sonja war schon so lange immer meine beste und liebste Freundin. Und ich hätte es schön gefunden, wenn es so geblieben wäre.
Es war jetzt halb eins. Wenn Sonja in den nächsten zehn Minuten nicht anrief, würde ich sie anrufen. Vielleicht war sie auch irgendwie in der Stadt unterwegs und hatte die Zeit vergessen. So was kann ja vorkommen.
Ich habe etwas herausgefunden über das Leben: Was schön ist, erkennt man erst, wenn man es nicht mehr hat. Erst wenn das, was man für selbstverständlich hielt, nicht mehr da ist, werden einem die Augen geöffnet. Aber dann ist es zu spät. Dann liegt man wie ein Baby gekrümmt auf seiner Matratze und presst die Fäuste in den Bauch, in das große Loch, in diese Leere, die so wehtut, dass man schreien möchte.
Ich habe neulich geträumt, dass man mir den Bauch aufschneidet und etwas herausholt. Einen blutigen Klumpen. Der Arzt hat den Klumpen hochgehalten. Er trug so eine Maske, einen Mundschutz. Und ich habe gefragt: Was ist das?
Da hat der Arzt gesagt: die Liebe.
Und hat den blutigen Klumpen in einen Mülleimer fallen

lassen. Das war einer dieser Metallmülleimer, mit Tretautomatik. Er ist mit seinen weißen OP-Schuhen auf den Hebel getreten, der Deckel sprang auf und dann hat er den Klumpen hineingeworfen. Und im gleichen Augenblick hatte ich ein Ziehen im Bauch, das war furchtbar. Das war so ein Schmerz, dass ich davon aufgewacht bin und ins Bad musste. Ich habe wimmernd auf dem Klo gehockt und mich nicht zurechtgefunden.

Es war so schrecklich, ich musste an all die Horrorfilme denken, die Sonja, Noah, Benni und die anderen angeschaut haben, hier bei uns in der Wohnung, als meine Eltern das Bridge-Turnier hatten.

Ich hatte kalten Schweiß auf der Stirn. Vor Schmerzen, vor Angst wusste ich überhaupt nicht mehr, wie ich in mein Bett zurückkommen konnte.

Ich wollte nach Mami rufen, aber das habe ich mich auch nicht getraut. Dieser Traum war irgendwie noch halb in mir, ich war nicht ganz wach, aber ich schlief auch nicht, ich bin kein Schlafwandler. Seitdem spüre ich hin und wieder dieses Ziehen im Bauch wie einen verzehrenden Hunger oder Durst, bei dem sich innen alles zusammenzieht.

Das ist die Liebe.

Das ist der Schmerz, den man empfindet, wenn die Liebe fortgeht. Und einen zurücklässt wie eine leere Hülle, wie ein Nichts. Wie einen Luftballon, der ein Loch hat. Und nie mehr groß und bunt und prall werden kann, nie mehr an die Decke steigen oder einfach in die Luft entschweben wird, vorbei an den Bäumen, den Telegrafenmasten, dem Kirchturm.

9. Kapitel

Sonja hat es mir gesagt. Sie ist gekommen, zwei Stunden später als verabredet. Sie war ein bisschen blass, aber dann auch wieder ganz heiter, ganz fröhlich. Hat sich angeguckt, was ich mir zum Anziehen für die Party zurechtgelegt hab.
»Wie findest du es?«, hab ich gefragt.
Sie hat gelächelt, mit den Schultern gezuckt. »Okay«, hat sie gesagt, »ich finde es okay.«
»Carus wird es nicht gefallen, was meinst du?«, hab ich gefragt.
Da hat sie sich auf mein Bett geworfen, die Beine ausgestreckt, ihre Fußspitzen angeguckt und gesagt: »Weißt du, an deiner Stelle würde ich aufhören, mir über so was Gedanken zu machen.«
»Was?«, hab ich gefragt. »Womit aufhören?«
»Darüber nachzudenken, ob Carus gefällt, was du anhast.«
»Und wieso?«, hab ich gefragt und in meinem Hals war ein Kloß, groß wie ein Apfel.
»Weil der nur noch Augen für Sophie hat«, sagte Sonja.
»Und wer ist Sophie?«, hab ich gefragt.
Sonja hat gelacht. So als ob das alles gar nichts wär, über das wir redeten.
»Das ist die Neue in unserer Gruppe.«
»Wir haben eine Neue in der Gruppe?«, hab ich gefragt. »Und wieso weiß ich das nicht?«
»Wir wollten es dir heute sagen«, hat Sonja erklärt. Und ist aufgestanden, hat die Schranktür aufgemacht, die mit dem

Spiegel in der Innenseite, und sich von allen Seiten betrachtet und gesagt: »Mein Hohlkreuz sieht scheiße aus.«
Mir war das so was von egal, wie sie ihr eigenes Hohlkreuz findet.
»Also«, hab ich gesagt, »du willst mir sagen, dass Carus in ein Mädchen verknallt ist . . .«
»Nicht verknallt«, hat sie korrigiert, »das ist richtig ernst mit den beiden. Hätte er uns sonst gefragt, ob sie in die Clique kommen kann? Wir wollten es dir heute Abend sagen, alle zusammen. Aber ich hab den Jungs gesagt, hey, das könnt ihr nicht machen. Lara ist meine Freundin und sie ist sensibel.«
»Danke schön«, hab ich gesagt. Und gezittert wie Espenlaub.
Deshalb ist Sonja an dem Samstag zu mir gekommen, um mich vorzubereiten, wie sie sagte.
Weil sie es fies finden würde, wenn ich auf einmal sehen würde, wie Carus mit Sophie rummacht.
Rummacht!
Mit Sophie!
Carus!
Mein Carus!
Ich muss ja blind gewesen sein. Blind und taub und was weiß ich. Wieso habe ich von alldem nichts mitbekommen?
»Und seit wann geht das schon?«, hab ich gefragt.
»Keine Ahnung, ich glaube, sie kennen sich seit den Weihnachtsferien.«
»Seit dem Skiurlaub?«, hab ich gefragt. Meine Stimme war nur ein Echo in meinem Kopf.

Das Ganze macht mich immer noch so fassungslos. Wie kann Carus so tun, als wenn mit uns alles in Ordnung ist und gleichzeitig mit einem anderen Mädchen ...

Aber wenn ich ehrlich bin, war ja nichts mehr in Ordnung. Gar nichts. Ich bin es immer gewesen, die gesagt hat, Carus, lass uns ins Kino gehen, Carus, wieso kommst du nicht heute mit ins Schwimmbad oder in die Eisdiele?

Das war immer ich. Er ist mitgekommen, weil ich das Eis bezahlt hab oder weil ich so gebettelt hab. Was weiß ich? Was weiß ich überhaupt?

Ich hätte nicht hingehen sollen in den *Flohzirkus* an dem Abend. Ich hätte gewarnt sein müssen durch Sonja. Vielleicht wollte Sonja mir ja auch durch die Blume sagen, dass es besser war, wenn ich zu Hause blieb. Aber das konnte ich nicht. Ich war ja wie besessen von der Hoffnung, dass alles ein Missverständnis war. Ich weiß nicht, was ich gedacht hab.

»Du willst wirklich mit?«, hatte Sonja gefragt, als ich meine Jeans angezogen hab.

Ich habe nur genickt. Ich habe nichts mehr gesagt, gar nichts, während sie alles Mögliche geredet hat.

Bin ins Badezimmer, wieder raus. In die Küche, habe einen Becher Milch getrunken, wieder zu ihr zurück.

»Und?«, hat sie gefragt. »Was ist?«

»Was soll sein?«, hab ich gesagt und meine Jacke angezogen. »Wir können gehen.«

Dann erst habe ich mich umgedreht und sie angesehen.

Und dann hab ich erkannt, dass Sonja es wirklich gut mit mir meinte. Sie hat die Arme nach mir ausgestreckt und ich

bin gegen ihre Schulter geklappt und war steif wie ein Brett. Konnte mich nicht bewegen.
»Das geht vorbei«, hat Sonja gemeint.
Und ich habe gefragt: »Was?«
Und sie hat gesagt: »Ich weiß auch nicht. War ein blöder Satz.«
Und dann sind wir los.
Ich war noch gar nicht drin, da wusste ich schon, das wird furchtbar. Dafür habe ich nämlich einen Instinkt wie ein Tier, das Gefahr wittert. Ich wollte umdrehen, als ich die Menschenmenge vor dem Eingang zum *Flohzirkus* sah. Die drängelten, als gäbe es Karten fürs Tokio-Hotel-Konzert, und zwar umsonst. Eine Traube von Menschen drängelte sich vor dem Eingang. Und alles Leute, die ich in meinem Leben noch nie gesehen hatte.
»Was ist da denn los?«, fragte ich Sonja.
Sonja lachte: »Hey, das sieht nach einer richtig geilen Party aus.«
Ich blieb stehen und hörte meine inneren Warnsirenen ganz laut: Geh nicht hin. Tu, als wenn du dir den Fuß verstaucht hast, denk dir irgendwas aus, irgendeine Ausrede, geh einfach nach Hause und knall dich vor die Glotze.
Aber wie das so ist: Man hört eben doch nicht auf die innere Stimme. Man gerät in diesen Sog, in dem man nicht mehr denken kann. Lässt sich treiben von der Menge, die immer in die gleiche Richtung drängt, wie eine Schafherde, die in den Pferch getrieben wird. Alle wollen gleichzeitig durch das schmale Tor und wissen nicht, dass dahinter der Viehtransporter wartet und der Mann, der sie zum Schlachter

bringt. Wenn ich daran denke, wie Schafe stumm zur Schlachtbank geführt werden, dass sie sich nie wehren, nie kämpfen, dann muss ich immer sofort weinen. Lämmer sind das Unschuldigste und Süßeste, was ich kenne. Sie glauben, dass die Menschen gut sind. Dass die Welt gut ist, dabei wurden sie nur in diese Welt hineingeboren, um gegessen zu werden. Manche sagen auch, dass das Lamm schon immer das Opfertier gewesen ist, in jeder Religion hat man Lämmer geschlachtet und sie auf dem Altar dem Gott geweiht und hat dafür die Vergebung der eigenen Sünden erfleht. Dafür eigenen sich Schafe: weil sie nie schreien, weil sie stumm jeden Schmerz ertragen und weil sie eben ein bisschen dumm sind.

Ungefähr so dumm wie Lara Weisskamp, vierzehn, wenn sie samstagabends auf eine Party will. Lässt sich einfach treiben, wehrt sich nicht. Tut nichts. Spürt keine Gefahr, hat kein Misstrauen, nichts. Denkt nur an Carus und an den Liebeskummer und dass sie den Typen einfach noch mal sehen will, um das persönlich von ihm zu hören. Aus seinem eigenen Mund. Dass es aus ist, und zwar schon eine ganze Weile. Und dass er bloß zu feige war, es zuzugeben. Und ich wollte Sophie sehen. Ich wollte wissen, was an ihr so cool war. Warum auch Sonja glänzende Augen bekam, wenn sie von Sophie redete. Die hat mehr erlebt als wir alle zusammen, hatte Sonja gesagt, das geht auf keine Kuhhaut. Ich wollte wissen, was das war, das ein Mädchen so attraktiv und aufregend für die anderen machte. Bestimmt hatte sie schon mit einem Jungen geschlafen, bestimmt wusste sie alles über Sex.

Aber sollte ich das jetzt toll finden oder was?

Ich meine, früher oder später werden wir alle mit einem Jungen schlafen und erfahren, wie das ist. Muss ich mich deshalb beeilen? Oder irgendwie in Panik geraten, weil ich noch nie einen nackten Jungen gesehen hab? Und mich noch nie ein Junge gesehen hat, wenn ich überhaupt nichts anhabe?

Mit Carus war es schön, wenn wir uns geküsst haben und ein bisschen rumgeschmust. Mehr wollte ich überhaupt nicht. Und wenn Carus das nicht gereicht hat: bitte. Dann ist es eben so.

Deswegen bringe ich mich nicht um.

Bestimmt nicht.

Soll er doch.

Soll er sich doch in so ein billiges Mädchen verlieben. Vielleicht braucht er das, der kleine Feigling.

Ich ließ mich treiben und drängen und schubsen da vor dem Eingang zum *Flohzirkus* und dachte: Ich will sie sehen. Sie und Carus. Ich wollte wissen, wie die so miteinander umgingen. Wie Carus sich ihr gegenüber benahm und was er wohl sagen würde, wenn ich die beiden überraschte. Bestimmt waren sie gekommen.

Die Clique hatte also beschlossen, mir heute offiziell mitzuteilen, dass mein Freund eine andere hatte. Wieso eigentlich? Konnte der mir das nicht selbst sagen? Was hatte die Clique mit unserer Liebe zu tun?

Klar doch: Sie wollten sehen, wie ich reagierte. Wenn ich in Tränen ausbrach, konnten sie großzügig sein und mich trösten. Wenn ich wütend wurde und mich auf Sophie stürzte, konnten sie die Schiedsrichter spielen. Wenn ich Carus anschrie, konnten sie sagen: Hey, so läuft das nicht in unserer Gruppe.

Sie würden mich anschauen wie ein exotisches Tier. Würden auf meine Reaktionen warten. Würden dann entweder lieb sein oder mich fallen lassen.

Und ich Idiot beeilte mich auch noch, um das alles mitzuerleben. Wie ein Opferlamm tat ich brav, was sie von mir erwarteten. Als hätte ich keinen eigenen Willen, keine eigene Meinung. Wie blöd war ich eigentlich?

Dabei wusste ich, wenn ich ehrlich war, längst, wie todunglücklich ich sein würde, dass ich mich in einer dunklen Ecke ausheulen, meine Wimperntusche mir herunterlaufen und ich aussehen würde wie eine Vogelscheuche. Mir war klar: Ich würde es einfach nicht fertigbringen, die Trennung von Carus so cool wegzustecken wie Dörte damals, als Benni mit ihr Schluss gemacht hatte.

Und ich zahlte brav meine fünf Euro Eintritt und Sonja war schon ganz vorn und drehte sich strahlend um: »Hey, ist das nicht geil, das wird ja eine Riesenparty!« Und ich tat ihr noch den Gefallen und grinste zurück. Und dabei war das schon das Grinsen einer Vogelscheuche.

Und da waren sie ja auch gleich. Alle miteinander. Als hätten sie auf Sonja und mich gewartet. Sonja, ein paar Schritte vor mir, ging auf sie zu: Noah, Benni, Carus und neben Carus Sophie. In einem nabelfreien Mini, einem winzigen T-Shirt. Der Nabel gepierct und mit einem Tattoo umrahmt, damit es auch richtig schön auffiel. Und Haare, als hätte sie da drin eine Mottenzucht. Einfach ekelhaft.

Carus hatte einen Arm um ihre Schulter gelegt und Sophie hielt die Hand, die über ihrem Busen herunterbaumelte, ganz fest und schaute mir entgegen. Als wollte sie sagen: Der Kerl gehört jetzt mir.
Oh Mann, bitte sehr.
Und neben Sophie Benni und neben Benni Jackie. Und Dörte war auch noch da und sah aus wie eine dänische Butterblume, blond, blauäugig und ganz in Gelb gekleidet. Dörte müsste mal für Butter oder Käse oder so Reklame machen. Das würde ihr jeder abnehmen. Sie hat eine richtige Pfirsichhaut und einen Wahnsinnsbusen, den sie auch noch zusätzlich mit einem Wonderbra betont. Wenn man mich fragt: Ich finde das unfassbar. Aber mich fragt keiner.
Sonja ging zu Carus und flüsterte ihm etwas ins Ohr. Er nickte und dann zog Noah Sonja zu sich heran und sie flüsterte ihm auch noch was ins Ohr. Carus beugte sich runter zu Sophie und die beiden redeten und dann schaute Sophie wieder mich an. Dörte zog Benni am Ärmel und wollte was wissen, aber Benni wusste nichts und zuckte nur mit den Schultern und schenkte mir ein Lächeln, das sagen wollte: Hey, es tut mir leid. Aber das sind alles Arschlöcher hier um mich rum.
Und ich setzte mein Theaterlächeln auf, mein Kunstlächeln, mein Lügenlächeln und ging auf sie zu. Guckte an Carus vorbei, ging direkt zu Benni und sagte: »Hi, ziemlich viel los.«
Und Benni sagte: »Aber echt.«
Und Dörte sagte: »Hi, deine Schuhe gefallen mir.«

Und Noah sagte: »Mann, wir stehen uns hier schon die Beine in den Bauch. Was habt ihr so lange gemacht? Wir wollten doch alle zusammen rein.«
»Wir mussten noch was besprechen«, sagte Sonja und verdrehte die Augen und alle wussten, ach ja. Die Sache mit Carus.
Und ich sagte: »Am Eingang drängeln die so, da kriegt man keine Luft.«
»Kommt, weil du deinen Gürtel immer so eng schnallst«, sagte Jackie und lachte.
Oh, wie blöd so ein Witz ist. Ich hob mein T-Shirt. »Hier, siehst du vielleicht einen Gürtel?«
»Hi, Lara«, sagte Carus. »Kennst du eigentlich Sophie?«
Und endlich musste ich ihn ansehen. Und drehte mich zu ihm um. Seine Augen ganz dunkel vor Verlegenheit und es gab mir auf einmal einen Stich, als ich seine langen seidigen Wimpern sah, richtige Mädchen-Wimpern hat er. Wie ich diese Wimpern geliebt habe. Und jetzt durfte nur noch Sophie von diesen Wimpern über diesen Augen träumen. Ich durfte nicht mehr. Das heißt, träumen konnte ich ja noch, aber was hatte das für einen Sinn, wenn man nicht wiedergeliebt wurde? Abgelegt wie ein altes Kleidungsstück.
»Hallo«, sagte ich und nickte in Richtung Sophie. Schaute ihr nicht in die Augen, sondern nur auf einen Punkt ungefähr zehn Zentimeter über ihrem gepiercten Bauchnabel. Den Gefallen wollte ich ihr auch nicht tun, dass sie dachte, ich wäre neidisch auf ihren käsigen Bauch und das blöde Schlangen-Tattoo. Ich finde Tattoos um den Bauchnabel absolut bescheuert.

»Hi«, sagte Sophie, streckte mir die Hand hin und grinste falsch, »ich hab schon viel von dir gehört.«
»Ah«, sagte ich. Und nicht mehr. Denn ich hatte Angst, dass ich anfangen würde zu stottern. Die Musik setzte in diesem Moment ein und es war gut, endlich dieses Blabla-Gespräch beenden zu können.
Da beugte Carus sich vor und sagte zu mir: »Sophie und ich, wir gehen jetzt zusammen, aber das ist für dich ja nichts Neues. Das weißt du ja längst.«
»Längst ist gut«, sagte ich und dachte: Ich weiß es seit genau zwei Stunden und vierzig Minuten.
Carus grinste. »Klasse«, sagte er, »wie du das nimmst. Echt spitze. Aber ich hab gewusst, dass du cool bleibst.«
Und woher, dachte ich, weiß er das?
»Sophie gehört jetzt zu uns«, sagte Carus. »Sie gehört zur Clique.«
»Ich fühl mich natürlich total geehrt«, sagte Sophie, »wo ihr alle aus einer Schule seid und ich ganz woanders wohne und so.«
»Als wenn das was ausmacht«, sagte Carus. Und streichelte ihre Schulter. Und sie steckte ihre Finger in seinen Gürtel und ich dachte: Gleich wird mir schlecht.
Jackie zog Noah weg und flüsterte ihm etwas zu, aber das sah ich nur durch einen Schleier. In dem Augenblick tauchte Selim hinter Sophie auf. Er hielt ihr die Augen zu und grinste uns an und sagte: »Nicht verraten.«
Und Sophie, mit zugehaltenen Augen, sagte: »Selim, du Arsch, ich weiß doch, dass du es bist.«
Und Selim nahm die Hände von ihren Augen und sagte:

»Willst du mich nicht vorstellen?« Und schaute mich dabei an, mit so komischen Augen, als wollte er mich durchleuchten.
Selim, an diesem Tag ganz in Schwarz gekleidet, mit ganz viel Silberschmuck um den Hals und um die Handgelenke, hatte seine Haare geölt und aus dem Gesicht gestrichen. Das sah nicht schlecht aus, aber irgendwie schmierig. Fand ich jedenfalls.
»Also«, sagte Sophie, »das ist Selim. Selim war auf unserer Schule.«
»Bis er keine Lust mehr hatte«, sagte Benni.
Ach ja, Benni war ja auch noch da. Und neben ihm Dörte. Und Selim schaute jetzt Dörte an und ganz besonders ihren Busen, so lange, bis Dörte einen knallroten Kopf kriegte.
Ich warf einen Blick auf die Bar. Meine Kehle war wie ausgetrocknet. »Ich hol mir was zu trinken«, sagte ich.
»Hey«, sagte Selim, »das kann ich doch machen.«
»Oh ja«, sagte Sophie, »Selim schmeißt 'ne Runde. Selim hat Geld.« Und sie lachte und sagte: »Zeig mal deine Brieftasche, Selim.«
Und ich dachte: Das ist echt das Letzte. Wo jeder wusste, womit Selim seine Kohle verdiente.
Aber Selim dachte auch gar nicht daran, sein Portemonnaie zu zeigen. Oder uns einen Drink zu spendieren. Er fasste Sophies Oberarm, richtig fest, das konnte ich sehen, weil sie ein bisschen zusammenzuckte vor Schreck, und raunte: »Komm mal eben mit.«
Und dann zogen die beiden ab und im nächsten Augenblick konnte man sie nicht mehr entdecken.

Benni und Dörte quatschten miteinander und so stand ich auf einmal alleine neben Carus und dachte, das ist der Moment, wo du was sagen musst, aber mir fiel nichts ein.
Ich konnte förmlich sehen, wie Carus sich zusammenriss, als er plötzlich sagte: »Ich hätte es dir früher sagen sollen, stimmt's?«
Ich nickte nur. Und brachte mühsam ein Lächeln zustande. Und dann stellte ich doch noch meine Frage: »Wie lange geht das denn schon zwischen euch?«
»Oh«, sagte Carus, »nicht lange.«
»Und was ist nicht lange?«, fragte ich.
»Na«, sagte Carus, »weiß nicht genau. Einen Monat? Zwei Monate?«
Wenn es stimmte, was Sonja sagte, kannte Carus Sophie schon seit Weihnachten. Aber ist ja auch egal. Vielleicht hatte er sich wirklich erst einige Wochen zuvor in sie verliebt. So kann ich wenigstens mit der Illusion leben, dass er mich nicht nur total belogen und betrogen hat.
»Ich möchte gern das Freundschaftsband zurück«, sagte ich. Und dachte im nächsten Augenblick: Wie blöd bist du eigentlich? So etwas zu sagen. Das blöde Freundschaftsband! Ist doch egal. Aber ich wollte ihn in dem Augenblick daran erinnern, dass wir uns ewige Liebe geschworen hatten, dass wir uns nie belügen wollten. Ich trug mein Freundschaftsband immer noch. Und sah, dass er an seinem Handgelenk nichts hatte. Er sah meinen Blick und wurde rot: »Hey, das wollte ich dir auch noch sagen. Das hab ich verloren.«
»Wie kann man so ein enges Band denn verlieren?«, fragte ich.

Und Carus grinste und sagte: »Das frage ich mich auch. Muss wohl irgendwie eine schwache Stelle gehabt haben.« Genau, eine schwache Stelle. So ist das mit der Liebe. Eine schwache Stelle reicht und alles geht kaputt.

»Ich muss was trinken«, sagte ich. Und Jackie kam zur mir, legte ihre Hände um mein Gesicht und küsste mich mitten auf den Mund. »Du bist süß«, sagte sie, »weißt du das eigentlich?«

»Wieso bin ich auf einmal süß?«, fragte ich, ein bisschen perplex. An diesem Abend drehten sie irgendwie alle durch.

»Du bist so süß in deinem Schmerz«, sagte Jackie. »Aber ich hab was gegen Schmerzen. Komm mal mit.«

Und sie zog mich hinter sich her, in die Ecke mit den zwei alten Sofas, warf sich auf das leere Sofa, zog mich zu sich herunter und sagte: »Guck mal.« Und öffnete die Faust und da lagen auf ihrem Handteller zwei kleine, niedliche Tabletten. Sie strahlte. »Hab ich für uns besorgt«, sagte Jackie. »Das hilft gegen Liebeskummer. Das ist das Allerallerbeste gegen Liebeskummer. Du schluckst eine und zehn Minuten später bist du so high, als würdest du auf Watte gehen, was sage ich, auf Wolken. Du hörst super Musik und es kommt dir vor, als wären alle Leute hinreißende, süße, kleine Monster.« Sie lachte. Ihr Lachen klang irgendwie total komisch. Ganz anders. Überhaupt bewegte sie sich anders als sonst. So eckig, so unmotiviert. Und ich dachte, die liegt auf dem Sofa, weil sie nicht mehr stehen kann. Wie sie sich immerzu gegen die Stirn schlug und die Haare um sie rumflogen, und dieses blöde Lachen. So kicherig, so hoch, ihre Stimme, anders als sonst, ganz anders.

»Hast du was genommen?«, fragte ich. Ich stand wieder auf. Ich wollte nicht neben Jackie auf dem Sofa sitzen.
»Klar«, sagte Jackie und strahlte, »deshalb geht es mir ja so gut. Aber ich will, dass es dir auch gut geht. Mann, gegen Liebeskummer, gegen die blöden Kerle, die einen nur verarschen, gibt es ein tolles Mittel, ein Mittel . . .«, und wieder streckte sie mir die Hand mit den Tabletten hin. Alle hatten so eine komische Kerbe in der Mitte. Ich bin nicht so blöd, wie alle denken, ich wusste genau, was das war. Aber ich stellte mich dumm und fragte: »Was ist das denn?«
Und Jackie lachte und sagte: »Na, was wohl.«
»Keine Ahnung«, sagte ich.
Und Jackie sagte: »Komm mal näher«, und zog meinen Kopf zu sich herunter und flüsterte mir ins Ohr: »Ecstasy. Das ist das Geschenk der Clique für dich. Damit du den Liebeskummer mit Carus verkraften kannst. So sind wir zu dir. Und jetzt schluckst du die einfach. Und alles ist gut.«

10. Kapitel

Fakt ist, dass ich an dem Samstagabend im *Flohzirkus* die Pille nicht geschluckt hab.

Fakt ist weiter, dass Jackie mich gedrängt hat, als ginge es um ihr eigenes Leben. Als sie nach einer Weile merkte, dass sie sich vergeblich bemühte, ging sie zu den anderen. Und die kamen dann nacheinander zu mir, um mir zu sagen, dass sie doch nur mein Bestes wollten.

Zuerst kam Noah: »Hey, ihr zwei«, sagte er, »was ist los?«

»Nichts, alles o. k.«

»Jackie sagt was anderes.«

»Keine Ahnung, was Jackie sagt.«

»Jackie sagt, du willst nicht, dass man dir hilft.«

»Echt, ich hab in meinem Leben noch nicht so einen Blödsinn gehört.«

»Du bist fertig wegen Carus, stimmt das?«

»Ich möchte mit dir nicht über Carus reden, Noah.«

»Musst du auch gar nicht. Man sieht es dir an. Du siehst total fertig aus.«

»Danke, echt nett von dir, mir das jetzt so zu sagen. Da fühl ich mich gleich richtig viel besser.«

Ich wollte weg, an die Bar oder nach draußen, frische Luft schnappen, oder nach oben in den Meditationsraum. Mal kurz nachdenken. Ich hatte das Gefühl, es könnte mir nicht schaden, wenn ich jetzt einfach mal innehielt und kurz meine Gedanken und Gefühle sortierte. Aber sie ließen mich irgendwie nicht.

»Hör mal zu, Lara, das geht offensichtlich nicht in dein Gehirn, dass wir uns alle Sorgen um dich machen.«
»Ihr müsst euch keine Sorgen um mich machen. Ich mach mir selber schon genug.«
»Aber das gehört sich so unter Freunden. Wenn es einem aus der Clique nicht gut geht, sind die anderen für ihn da.«
Davon hatte ich zwar in der letzten Zeit nichts gemerkt, aber ich hielt lieber meinen Mund. Keinen Bock auf eine Diskussion.
Noah und ich gingen zu den anderen an die Bar. Benni schaute mich an. So einen langen Blick hat er mir zugeworfen, aber ich verstand nicht, was er mir sagen wollte. Dörte war total high. Sie gluckste immerzu rum und wedelte mit den Armen und schrie: »Leute, ich fühl mich fantastisch! Sagt mal, hab ich die Füße noch auf dem Boden oder gehe ich in der Luft?« Und dann musste sie wieder kichern. Und hat ihren Strohhalm ins Colaglas getaucht, vollgesogen und in die Gegend rumgespritzt. Es war wirklich eklig.
»Mensch, Dörte«, sagte ich, »du spinnst. Was ist mit dir los?«
»Sie ist einfach nur gut drauf«, sagte Jackie und legte ihren Arm um Dörte. »Stört dich das?«
»Quatsch, wieso soll mich das stören?«
»Wir sind überhaupt alle gut drauf«, sagte Noah. »Bloß du nicht, Lara. Und wenn ich ganz ehrlich bin: Das ist scheiße. Entweder alle oder keiner. Das haben wir gesagt: Einer für alle, alle für einen.«
Am Ende der Theke lehnte Carus. Beide Ellenbogen auf der

Theke. Und hinter ihm Sophie. Sophie hatte ihre Arme um seinen Bauch geschlungen und den Kopf an seinen Rücken gelehnt. So nach dem Motto »Du gehörst mir«.
Ich versuchte die ganze Zeit, nicht hinzusehen. Ich wollte mich nicht aufregen. Ich wollte einfach so tun, als ginge mich das nichts an. Schließlich war es das gute Recht von Carus, sich in eine andere Frau zu verlieben, wenn er mich langweilig fand. Oder was auch immer. Das musste ich mir sagen. Es war sein gutes Recht. Wir sind freie Menschen, freie Bürger in einem freien Land. Wenn ich merke, dass ich einen Menschen nicht mehr liebe, kann ich weggehen und einen anderen küssen. So einfach ist das.
Nur, dass dann immer einer zurückbleibt, der eine ganze Badewanne mit seinen Tränen füllt.
Benni sagte: »Mensch, Lara.«
Und ich: »Was ist? Wieso sagst du: Mensch, Lara?«
»Mach es den anderen doch nicht so schwer«, sagte Benni.
Und darauf ich: »Keine Ahnung, was du meinst.«
»Wir haben alle was genommen«, sagte Benni, »und es ist für uns ein Scheißgefühl, wenn wir wissen, dass eine aus der Gruppe immer nüchtern bleibt.«
»Und wenn ich mich nun mal nicht zudröhnen will?«
Stille. Jackie schaute mich an. Dörte schaute Benni an, Noah blickte rüber zu Carus und gab ihm ein Zeichen, aber Carus achtete nicht auf ihn, weil er mit irgendeinem anderen Typen im Gespräch war, während Sophie immer noch wie ein Rucksack an ihm klebte.
»Das ist nicht wie bei Alkohol«, sagte Benni. »Es ist viel besser. Es macht nicht besoffen, nur high. Davon kriegst du

keinen Kater, nur gute Gefühle. Da fühlst du dich super. Das ist cool, wenn man sich so fühlt.«

Jackie zeigte wie auf Stichwort wieder ihre beiden Pillen vor und sagte: »Ich will sie ihr schenken, weil ich einfach möchte, dass sie sich gut fühlt, weil mir das leidtut wegen Carus. Das ist echt scheiße, wenn man so was durchmachen muss. Und nun sieht die arme Lara ihn auch immer, wie er da rumknutscht.«

Das fand ich besonders fies, dass sie noch einen Pfeil in meine Wunde bohrte und den Pfeil schön langsam umdrehte. Ich hatte Carus gerade mal wieder für eine Zehntelsekunde vergessen.

»Komm«, sagte Benni, nahm die beiden Pillen und legte sie vor mich auf den Tresen. »Schluck sie einfach runter.«

»Und dann?«

»Dann gehörst du wieder zu uns«, sagte Noah.

»Und wenn ich das nicht tue? Gehör ich dann nicht mehr zu euch?«

»Weißt du doch selbst«, sagte Noah. »Denk mal scharf nach. Wir sind eine Clique. Wir machen alles gemeinsam. Und gerade bei solchen Sachen ist es unheimlich wichtig, dass jeder dazu steht. Jeder denkt genauso wie der andere. In so einer Sache ist es superwichtig, dass man keinen Außenseiter in der Gruppe hat. Keinen Abweichler.«

Außenseiter!

Abweichler!

Die Worte muss man sich echt merken.

Worte, von einem in den Mund genommen, den man noch vor Kurzem für einen guten Freund gehalten hat. Von dem man dachte, der geht für mich durch dick und dünn. Der akzeptiert mich, so, wie ich bin. Der mag mich, so, wie ich bin. So, wie ich Dörte mag, obwohl sie für eine lächerliche Boygroup schwärmt und im Chatroom mit der Fangruppe dieser kleinen Möchtegern-Musiker talkt. Stunden um Stunden. Macht mir nichts aus. Sie ist halt so. Passt zu ihren blonden Haaren, passt dazu, dass sie sich manchmal tausend kleine Zöpfchen flicht, die sie mit bunten Haargummis verziert.

Aber meinetwegen. Soll sie doch. Ich hab eben meinen eigenen Musikgeschmack und meine eigene Art, mich zu frisieren. Ich mag sie trotzdem. Ich dachte, in unserer Gruppe wird jeder für das akzeptiert, was er ist.

Pustekuchen.

Man wird nur so lange akzeptiert, wie man sich genau auf der Linie der anderen befindet. Ich sollte mich darüber nicht aufregen. Nicht einmal wundern. Ich wusste es ja eigentlich seit dieser Sache mit Bennis Blinddarm. Damals waren sie ja schon drauf und dran, mich aus der Gruppe rauszuschmeißen, aber das wäre wohl ein bisschen fies gewesen, jemanden rauszuwerfen, der einem aus der Gruppe quasi das Leben gerettet hat.

Jackie nahm eine Tablette, drehte sie zwischen Daumen und Zeigefinger vor meinen Augen und sagte: »Einen Zehner habe ich dafür springen lassen.«

»Und bei wem hast du das Zeug gekauft?«, fragte ich.

Jackie grinste. Die anderen schauten mich an.

»Sag ihr's lieber nicht«, warnte Noah, »sonst verrät sie noch unsere Quelle.«

»Eure Quelle kenn ich doch längst«, sagte ich. »Eure Quelle ist Sophie. Ich bin doch nicht blöd, ich weiß doch, was läuft. Für wie bescheuert haltet ihr mich eigentlich?«
Da ließ Jackie die Pille ganz langsam wieder in ihre Tasche gleiten, zog die Schultern hoch und sagte: »Kinder, mir ist das zu blöd, ich verzieh mich.« Sprach's und verschwand.
Dörte kicherte, sog ihren Strohhalm voll Cola und prustete mir das Zeug ins Gesicht. Ich war von oben bis unten mit ihrer verschleimten, mit Spucke durchsetzten Cola bespritzt!
Es war einfach unglaublich, ich dachte, ich wäre im falschen Film. Und Noah sagte: »Das wär's dann wohl. War 'ne schöne Zeit, Lara. Aber nun ist's vorbei. Mach, was du willst, aber versuch nicht mehr, unsere Clique zu stören, okay?«
Und Benni hob die Arme, wedelte mit den Händen etwas hilflos und verlegen, schaukelte den Kopf hin und her. »Mensch, Lara«, sagte er, »wäre so einfach gewesen. Du schluckst das Ding und alles ist gut. Mehr wollten wir doch gar nicht. Nur diesen kleinen Beweis deiner Solidarität. Das ist doch echt nicht viel verlangt.«
Die anderen gingen weg. Benni blieb bei mir stehen. Er hatte wohl irgendwie noch so einen Rest von Schuldgefühl, von Anstand im Leib. Ich war einfach sprachlos, starrte auf Noahs Rücken. Auf Dörtes blonde Zöpfe. Auf ihre schmalen Hüften, die in unheimlich enge Jeans gequetscht waren.
Und ich fragte: »Was war das eben, Benni?«
»Ich fürchte, das war der Rausschmiss.«
Ich war wie erstarrt, tatsächlich erstarrt. Meine Augen und

mein Mund groß wie Teller. »Rausschmiss? Aus dem *Flohzirkus?*«
»Aus unserer Gruppe, fürchte ich«, sagte Benni. »Es war sozusagen ein Abschied in Raten. Du hättest das aufhalten können, Lara. Es hätte nicht so weit kommen müssen. Wir haben dir immer wieder Brücken gebaut, das weißt du selbst.«
Ich war wie taub, wie gelähmt. »Was denn für Brücken?«
»Na ja, in der U-Bahn, als Noah den Flachmann dabeihatte. War doch nur ein Test, wie du zur Gruppe stehst.«
»Ein Test, ob ich Lust habe, Wodka in der U-Bahn zu trinken?«
Ich starrte Benni an. Ich dachte, das kann nicht sein Ernst sein, dass wir hier solchen Schrott reden. Ausgerechnet er, der beinahe draufgegangen wäre wegen des Alkohols. Ich habe den Kopf geschüttelt und mich weggedreht. Weiß nicht mehr, vielleicht sind mir auch die Tränen gekommen und ich wollte nicht, dass es jemand sieht.
»Mit unserer Freundschaft hat das nichts zu tun«, hat Benni gegen meinen Rücken geredet, »das weißt du.«
»Ich weiß überhaupt nichts mehr.«
»Wir können ja mal telefonieren«, hat Benni gesagt, »du hast doch meine Handynummer. Aber ruf lieber nicht zu der Zeit an, wo wir was mit der Clique machen, du weißt schon. Die anderen würden mich lynchen.«
Ich drehte mich wieder um, langsam, im Zeitlupentempo.
»Keine Angst, Benni«, sagte ich, »ich ruf dich nicht an. Schon gar nicht auf deinem Handy. Ich will dir doch keine Schwierigkeiten machen.«

Benni hat durchgeatmet, richtig erleichtert. »Du bist cool«, hat er gesagt, »das mag ich an dir.«

Aber du magst es nicht genug, dachte ich, um mich vor der Gruppe zu verteidigen. Du magst mich nicht genug, um diesen anderen Oberärschen zu sagen: Hey Leute, tickt ihr noch richtig?

Nein, so gern mag er mich nun auch wieder nicht, Blinddarm hin oder her. So gerne mag mich keiner. Sonja auch nicht. Sonja hatte sich sozusagen in Luft aufgelöst an dem Abend. Ich hab sie noch gesucht. Ich wollte mit irgendjemandem reden, wollte einfach losheulen oder schreien oder mit den Fäusten gegen die Wand hauen. Aber es war einfach niemand da!

Es war, als löste sich um mich alles auf. Als gäbe es keine anderen mehr, kein oben, kein unten, keine Körper, keine Gesichter. Alles nur eine weiche, wabbelige Masse, die vor mir zurückwich, während ich ging. Schnurstracks auf den Eingang zu. Die Tür war verriegelt. Ich hab den Riegel zurückgeschoben, bin auf die Straße getreten. Draußen war die Luft klar und kühl. Es regnete. In den Pfützen spiegelten sich die Lichter der Straßenlaternen. Vor dem Haus lungerten ein paar Typen rum, die eine Gelegenheit suchten reinzukommen. Bevor ich etwas machen konnte, hatten sich zwei oder drei durchgequetscht und waren drinnen. Mir war es egal.

Ich ging den ganzen Weg zu Fuß nach Hause. Dreimal hat mich jemand angesprochen, einmal ist sogar ein Auto eine Weile langsam neben mir hergefahren. Das Fenster wurde runtergekurbelt und der Fahrer rief mir etwas zu, das ich aber Gott sei Dank nicht verstanden habe. Ich zeigte dem nur einen Vogel und lief in die nächste Querstraße. Dann habe ich mich auch noch verlaufen.

Als ich endlich zu Hause ankam, war es fast Mitternacht. Meine Eltern waren noch nicht da. Ein Glücksfall. Sie hatten beim Waschmaschinenkauf alte Nachbarn getroffen und waren mit denen ein Bier trinken gegangen. So konnte ich ruhig ins Badezimmer gehen, mir den Gestank und den Dreck vom *Flohzirkus* vom Körper spülen, mich in meinen geliebten Schlafanzug mit den Mickymaus-Figuren wickeln und unter die Bettdecke kriechen.

Und richtig schön laut schluchzen, ohne Angst, dass mich jemand hörte.

11. Kapitel

Wenn ich ein Buch schreiben würde über ein Mädchen, das Drogen nimmt, dann würde ich vielleicht so beginnen: Eine Heldin erfährt, dass ihr Freund sie betrügt. Oder schlimmer noch: dass er sie schon lange belogen hat. Sie war ahnungslos, bis ihre angeblich beste Freundin ihr die Wahrheit sagte.

Und dann geht sie mit dieser angeblich besten Freundin auf eine Party, wo die ganze Clique schon wartet.

Und es wird auf einmal sonnenklar, dass die anderen alle schon irgendwelchen Stoff nehmen und nur noch eine Gelegenheit abgepasst haben, in der meine Heldin weich genug ist. Meine Heldin will nämlich Schriftstellerin werden und in ihrem Kopf geistern so viele Geschichten rum und manchmal wacht sie davon auf, dass die Träume übereinanderpurzeln. Farben sieht sie auch und Musik hört sie, alles nur in ihrem Kopf und alles ganz ohne Drogen.

Deshalb würde meine Heldin niemals von selbst auf die Idee kommen, ihr Taschengeld für Drogen auszugeben. Schließlich weiß ja jeder, dass, wenn du erst einmal mit Pillenschlucken angefangen hast, es immer weitergeht. Du willst immer mehr von dem Zeug, in immer kürzeren Abständen, du willst auch was anderes ausprobieren, weil es in der Clique auf einmal kein anderes Thema mehr gibt als Koks und Gras und Pillen, Crack und wie das Zeug alles heißt.

Ja, so würde ich anfangen. Meine Heldin, vollkommen fertig, weil ihr Freund Schluss gemacht hat, lässt sich überreden, ihren Kummer mit einer Pille zu töten. Sie schluckt das Zeug, spült mit Cola nach oder was auch immer und dann hat sie diesen Flash, diesen Blitz im Hirn, der alles erhellt, schlechte Gedanken killt und schöne hochkommen lässt. Und dann liegen sie da auf den Bastmatten oder hängen in den Sesseln und lächeln vor sich hin wie blöde. Und denken, sie sind schon im Nirwana.

Aber sie werden eine halbe Stunde später langsam wieder nüchtern und dann brummt ihnen der Schädel, als hätten sie zehn Cocktails in sich reingekippt – in den Schläfen pocht es, im Magen dreht sich alles und die Beine sind wie aus Blei – eigentlich ist man praktisch k. o., aus dem Verkehr gezogen. Man kriegt nicht richtig mit, was die anderen Leute sagen, man reagiert viel zu langsam, schon allein das Radfahren ist eine Tortur, weil man denkt, dass die Menschen sich um einen herum in Lichtgeschwindigkeit bewegen, während man selber nur wie eine Schnecke vorwärtskommt. Alles ist verzerrt, nichts ist mehr logisch. Das Gehirn ist ein zähflüssiger Klumpen und die Zunge dick wie ein Schwamm.

Man möchte sich hinlegen und nie wieder aufstehen. Oder: Man möchte schnell noch eine Pille nehmen, damit das gute Gefühl, das Leichte, Witzige wieder da ist, das Kribbeln im Bauch, das einen zum Lachen bringt, die lila Wölkchen am Himmel, das alles will man sofort und auf der Stelle wiederhaben und die blöden Gedanken los sein.

Und so fängt es an. Du schluckst die nächste Pille und dann die übernächste und rauchst Gras und probierst allen mög-

lichen Scheiß aus, den Leute wie Selim und Mohammed und Sophie dir für teures Geld andrehen.
Wie ich den Sonntag herumgebracht habe, weiß ich nicht. Wahrscheinlich habe ich alle Taschentücher vollgeheult und mir zwischendurch eine Familienpackung Vanilleeis reingezogen. Jedenfalls war mir sauschlecht. Mama ist alle zehn Minuten ins Zimmer gekommen und hat gesagt: »Was ist mir dir, Schätzchen?«
Und ich hab geknurrt, irgendwas von Grippewelle und Halsschmerzen und so. Und mich zur Wand gedreht.
Nachmittags war Omi da. Omi hat mir einen unheimlich schönen Kasten geschenkt, asiatischer Bambus, sagte sie. Und in dem Kasten lagen fünfhundert Blatt schneeweißes Schreibmaschinenpapier. Sie hat gesagt, wenn ich die ersten fünfzig Seiten geschrieben habe, schenkt sie mir zum Geburtstag einen Drucker. Der alte, den ich von Papa habe, funktioniert irgendwie nicht mehr.
Omi wollte natürlich unbedingt wissen, wie die Party im *Flohzirkus* war. Und ich sagte, darüber könnte ich nicht reden. Nicht mehr, nicht jetzt.
»Aha«, sagte Omi.
»Wieso aha?«
»Dann weiß ich ja, was los war. Ich hatte also recht?«, sagte Omi.
»Keine Ahnung, was du meinst«, sagte ich.
»Du weißt es genau.«
»Nein«, sagte ich, »echt nicht.«
»Die beiden Türken, die waren auch da?«
»Ja«, sagte ich.

»Aha«, sagte Omi.
Sie wiederholt sich, dachte ich, echt genervt.
»Wieso aha?«, sagte ich wieder aufbrausend.
»Das genügt mir schon«, sagte Omi.
»Mann, Omi! Es hat überhaupt nichts mit den beiden Türken zu tun! Vergiss doch mal die Türken!«
»Und womit hatte es dann zu tun?«, fragte Omi.
»Mit meiner Clique«, sagte ich.
»Das versteh ich nicht«, sagte Omi.
»Siehst du«, sagte ich und drehte mich zur Wand.
Sie setzte sich auf die Bettkante, legte ihre Hand auf meinen Oberschenkel. »Larita, Schätzchen«, sagte sie leise.
Ich schloss die Augen.
»Sag mir, was los ist«, drängte Omi.
Ich drehte mich um, ohne die Augen zu öffnen.
»Ich finde es alles so was von scheiße«, sagte ich. Und heulte los.
Und Omi streichelte mich und ich richtete mich auf und fiel ihr um den Hals. Sie roch nach japanischem Parfüm und den Himbeertörtchen, die Mama gemacht hatte, und sie sagte immer: »Na, na, Schätzchen, Larita, Lara, was ist denn?«
Und dann sagte ich es: »Sie wollten, dass ich das Zeug nehme.«
»Was für Zeug?«, fragte Omi.
»Ecstasy«, sagte ich.
Und ich merke, wie Omi mitten in der Bewegung innehielt und sich irgendwie richtig versteifte.
»Und?«, fragte sie.

»Was und?«
»Hast du es genommen?«
»Nein«, sagte ich. Und heulte wieder los.
»Und wieso heulst du dann? Das ist doch wunderbar. Da kannst du stolz auf dich sein«, sagte Omi, »dass du der Versuchung widerstanden hast.«
Ich heulte weiter, noch lauter, schniefte Omis Seidenkleid voll. »Aber jetzt«, sagte ich, »hassen sie mich alle in der Clique.«
Omi lachte. »Unsinn«, sagte sie.
Daran sieht man, dass Omi eben doch nicht weiß, was heute in den Cliquen abläuft.
Diese Geschichte mit Benni und seinem Blinddarmdurchbruch. Das war ja halbwegs okay gewesen. Halb hab ich damals Benni das Leben gerettet, halb eben auch die anderen verraten. Die wilde, besinnungslose Sauferei, das hätten sie gerne für sich behalten. Jetzt werden sie ständig kontrolliert von den Eltern. Die prüfen ihre Schnapsbestände und passen auf, dass keiner Flaschen in seinem Zimmer bunkert.
Vielleicht haben sie deshalb mit Hasch-Rauchen angefangen und Tabletten-Einwerfen. Vielleicht bin ich sogar schuld, wenn man alles genau bedenkt. Ich hab sie da reingetrieben.
Vielleicht bin ich wirklich die blöde, gemeine, miese Verräterin, für die mich alle halten.
Ich möchte ein Fisch sein und im Korallenmeer tauchen. An gezackten Korallenbänken möchte ich vorbeischwimmen, in dem glitzernden Sonnenlicht, das aus dem Meer so ein türkisblaues Wunder macht. Ich bin ein gelber Fisch mit ei-

nem roten Kopf und gelben Flossen. Oder umgekehrt. Ich bin ein wunderschöner Fisch, bunt, und dennoch bin ich nichts Besonderes. Weil um mich herum viele Fische schwimmen, über mir und unter mir und alle Fische sind wunderschön, so schön wie ich. Schlank und schnell jagen sie nach kleinen Krebsen und Plankton und holen die Algen aus dem Korallenriff und fressen sie. Alle fressen das Gleiche, alle fühlen das Gleiche. Schauen sich an mit ihren Augen, die keine Lider und keine Wimpern haben. Geben ihrem Körper mit den Flossen elegant einen Ruck, drehen sich, tauchen tief ab und kommen in Spiralen wieder hoch, dahin, wo das Meer heller wird, wo das Licht sich bricht und in tausend Farben sprüht. In der Karibik, wo Korallenfische leben, ist das Wasser warm. Vielleicht achtundzwanzig, vielleicht dreißig Grad. Ein besonderes Wasser. Klar und rein. Und alle Fische fressen dasselbe und tun dasselbe, schauen sich aus ihren wimpernlosen, lidlosen Augen an und wissen, was der andere will, sehen, was der andere tut. Nichts ist verborgen. Fische lügen sich nicht an.

Ein Korallenfisch hat vor einem anderen Korallenfisch keine Geheimnisse. Sie sind eine große Familie, bleiben immer in Schwärmen zusammen, ziehen in Schwärmen durch die Meere. Wenn man sie von oben anschauen würde, müsste es aussehen wie ein Lavastrom im Wasser, rotgoldene, glitzernde Fische, die sich gleichmäßig vorwärtsbewegen, mal verengt sich der Schwarm, mal breitet er sich aus, mal bildet er einen großen, runden Kreis. Aber immer bleiben alle zusammen.

Deshalb kann ich kein Fisch sein, weil ich nicht wie alle an-

deren sein kann. Vielleicht werde ich im nächsten Leben aus diesem Grunde nicht als Fisch auf die Welt kommen, obwohl ich mir nichts mehr wünsche als das.
Mama, die ganz verwirrt ist, weil ich so viel von Fischen rede, fragt, ob ich ein Aquarium haben möchte. Aber das wäre furchtbar! In einem Aquarium leben die Fische, die nicht mit ihrer großen Familie zusammen sind, die man ausgesondert hat. Sie schwimmen jetzt allein in einem Viereck herum, das so winzig ist wie früher nur eine kleine Höhle in dem großen Korallenriff. Ich würde immerzu weinen, wenn ich mir die Fische in meinem Aquarium anschauen müsste.
Nächste Woche hat Jackie Geburtstag. Sie feiert dieses Mal bei sich zu Hause, ihre Eltern haben erlaubt, dass sie die Wohnung in eine Disco verwandelt. Sie haben sogar eine Discokugel besorgt, die wird an die Decke gehängt und überall werden blaue Glühbirnen in die Lampenfassungen geschraubt. Jackie sagt, das Licht wird irre, bengalisch, richtig schönes Kifferlicht. Und alle lachen.
Sie reden nicht mehr mit mir. Sie reden untereinander. Wir stehen wie immer auf dem Schulhof herum, ich bin in ihrer Nähe, aber sie drehen mir meistens den Rücken zu. Sie bilden einen Ring, in dem Ring steht immer irgendeiner, meistens ist es Noah, und erzählt irgendwas, reißt Witze. Und die anderen lachen. Jackie und Sonja gehen jetzt meistens Arm in Arm. Morgens kommt Jackie manchmal mit einem Rock in die Schule, von dem ich weiß, dass er Sonja gehört. Und Sonja trägt Jackies Schuhe. Sie haben beide Schuhgröße achtunddreißig. Ich sehe das alles, sage aber nichts. Wenn

wir montags in der achten Stunde Kunst haben, sitzen Sonja und Jackie an ihrer Holzschnitzarbeit dicht nebeneinander. Sie wollen eine nackte Frau schnitzen, eine Frau, die liegt. Sie schnitzen diese Figur nach Zeichnungen, die ich angefertigt habe. Damals, als Sonja noch meine Freundin war und wir die Nachmittage immer bei uns verbracht haben, haben wir Aktzeichnen geübt. So aus Spaß. Um zu sehen, ob wir vielleicht Künstlerinnen werden können.

Damals habe ich eine dicke Frau gemalt, die sich aufstützt, eine dicke Frau, die so auf der Seite liegt und sich aufstützt und etwas anschaut, das vor ihr auf dem Boden ist.

»Was schaut sie denn an?«, hat Sonja gefragt.

»Eine Maus«, habe ich gesagt, einfach nur so aus Spaß.

»Igitt, echt? Eine Maus?«

»Nein«, habe ich gesagt, »sie schaut einen Skorpion an. Das ist giftiger, der krabbelt auf sie zu und sie ist nackt, aber sie tut nichts. Sie wartet einfach ab.«

»Ist sie blöd oder was?«

»Ich weiß nicht«, sagte ich. »Sie will vielleicht einfach nur mal sehen, was passiert.«

»Ist doch klar, was passiert«, sagte Sonja, »der Skorpion wird sie beißen.«

»Ein Skorpion sticht«, sagte ich.

»Okay, dann sticht der Skorpion und sie ist tot.«

»Pech«, sagte ich.

Sonja hatte mich angeschaut, gegrinst und gesagt: »Du bist ganz schön verrückt. Schenkst du mir das Bild?«

»Klar«, sagte ich. »Ich könnte so eine Frau ja noch hundertmal malen, tausendmal.«

Am nächsten Tag hat Sonja das Bild unserer Kunstlehrerin gezeigt und die hat gesagt, das ist aber toll.
Sonja hat nicht gesagt, dass das Bild von mir war, aber ich fand das nicht schlimm. Nur dass sie jetzt nach dieser Skizze ihre Holzfigur schnitzen wollen, Jackie und Sonja, das finde ich ... ja, ich sag's einfach, das finde ich ungeheuerlich, einfach fies.
Es ist mir egal, ob ich das Bild gemalt habe oder nicht. Aber es ist mir nicht egal, dass Sonja mit Jackie zusammen diese Figur schnitzt. Das kommt mir vor, als hätten sie mir etwas gestohlen, etwas, das ich jetzt nie wiederhaben kann.
Gestern habe ich versucht, die Frau noch einmal zu zeichnen. Aber das ist mir nicht gelungen. Ich weiß auch nicht. Ich habe fünfmal angefangen, aber die Proportionen habe ich einfach nicht mehr hingekriegt. Die Füße waren zu klein, der Hals zu kurz und die Arme hingen so völlig unlogisch am Körper. Ich hab alle Skizzen zerrissen. Und vor Wut gebrüllt.
Wenn ich Sonja und Jackie so sehe, an ihrem Tisch, wie sie da bei der Arbeit sind und sich halb laut etwas erzählen, während ich versuche, von einem Foto einen Skorpion abzuzeichnen, dann geht es mir so schlecht, dass ich weinen könnte. Sie quasseln bestimmt immerzu von der Geburtstagsparty. Jackie will am Samstag feiern. Sie hat sturmfrei. Meine Eltern würden das nie erlauben. Aber bei Jackie ist ja alles ein bisschen anders. Jackie sagt, ihre Eltern haben eben Vertrauen. An deren Stelle würde ich lieber nicht so viel Vertrauen haben.
Jackie sagt, es werden so viele Leute kommen, so viel Platz

haben sie gar nicht. Es ist eine kleine Wohnung, drei kleine Zimmer. Ich kenne die Wohnung, sie ist ganz schön, aber wirklich klein.
Ich weiß genau, warum so viele Leute kommen wollen. Ich weiß es. Aber ich sage nichts. Ich werde sie nicht verpetzen. Soll ich vielleicht hingehen und sagen: Hey, Jackie schluckt Ecstasy-Pillen wie Smarties? Soll ich das etwa sagen? Und wem soll ich das vielleicht sagen? Meinen Eltern? Die kriegen einen Herzinfarkt. Meiner Omi? Die sagt dann, sie hatte immer schon so ein merkwürdiges Gefühl. Okay, aber hilft mir das weiter?
Soll ich denen vielleicht sagen, dass Leute wie Selim und Mohammed im großen Stil Berlins Schulen mit Speed und Ecstasy beliefern. Ich glaube, auch Sophie arbeitet für Selim und Mohammed und verdient sich mit ihren kleinen Dealereien eine goldene Nase.
Ach ja, apropos Sophie.
Sophie ist natürlich total auf Drogen. Deshalb hat sie sich an dem Abend im *Flohzirkus* auch so komisch benommen. Irgendwie hätte ich es sofort merken müssen, aber ich war ja so mit meinem Liebeskummer beschäftigt. Ich hab in Sophie nur die Rivalin gesehen, die Frau, die mir den Freund ausgespannt hat, meine Feindin. Ich habe mich nur gefragt, was Carus bloß an ihr findet. Sophie geht auf die Theodor-Heuss-Schule in Wedding. Mit der S-Bahn ist das eine halbe Stunde von uns entfernt. Mindestens. Sie hat ein Zungenpiercing und himbeerrot gefärbte Rastazöpfe. Ihre Haare sind total stumpf, wahrscheinlich von den billigen Färbemitteln, und mit ihren vielen Make-up-Schichten sieht sie aus wie

einbalsamiert. Ich wette, darunter ist eine total verpickelte Haut. Mama sagt, dass man von zu viel Nikotin eine schlechte Haut bekommt, und Sophie raucht Kette. Sie ist zweimal sitzen geblieben und von der Schule geflogen, heißt es. Ihre Eltern leben von Sozialhilfe und von dem Kindergeld, das der Staat für sie zahlt. Das wird direkt auf Sophies Konto überwiesen, weil ihre Eltern es sonst für sich ausgeben. Das hat sie Sonja zumindest erzählt. Die Jungen finden Sophie natürlich alle supercool. Wenn Noah einen seiner berühmten Witze erzählt, zieht sie nur eine Augenbraue hoch. Und wenn Carus seinen Arm um sie legt, dann schiebt sie neuerdings seine Hand weg und sagt: Komm, lass, ja?
Und Carus gehorcht wie ein Hund.
Das alles weiß ich von Sonja. Mit der Clique unternehme ich ja nichts mehr.
Ich bin mir sicher, dass es Sophie war, die unsere Clique dazu überredet hat, es doch mal mit Drogen zu versuchen. Carus und Noah hatten es schon immer mal ausprobieren wollen. Wenn wir darüber gesprochen haben, habe ich immer zu Carus gesagt: »Du spinnst doch. Wozu willst du das ausprobieren?«
»Damit ich weiß, wie es sich anfühlt.«
»Ja und. Dann weißt du es. Und dann?«
»Dann kann ich mitreden.«
»Weißt du denn«, hab ich ihn gefragt, »wie es sich anfühlt, in einer Waschmaschine zu stecken, im Schleudergang?«
»Nee«, hat Carus gesagt.
»Und warum probierst du es nicht aus?«
»Weil ich nicht bescheuert bin«, sagte Carus.

Was ich eigentlich sagen wollte, hat er nicht kapiert. Oder wollte es nicht kapieren.
Neulich habe ich Sophie durch Zufall in der Lietzenburger Straße getroffen, als ich aus dem Kaufhaus kam. Ich wollte Kerzen besorgen, für mein Zimmer. Aber die Farbe, die mir vorschwebte (Hellgrün), hatten sie nicht. Da bin ich fast in sie reingerannt. Sie redete mit einem Kerl in Label-Klamotten, der mindestens zwanzig war. Weil wir fast zusammengestoßen wären, hat sie sich bequemt, Hallo zu sagen. Und ganz süß hat sie getan, als würde sie sich wirklich freuen, mich zu sehen.
»Hi, Lara, das finde ich jetzt aber echt klasse«, hat sie geflötet, »dass wir uns hier sehen! Ausgerechnet hier!«
»Und was ist an dieser Stelle so besonders?«, hab ich zurückgefragt. Ich gebe ja zu, das war nicht besonders charmant. Aber auf so eine plumpe Masche kann ich einfach nur patzig reagieren.
Sophie hat meine Hand genommen und zu dem Typen gesagt: »Das ist Lara. Sie ist die Ex von Carus, weißt du?«
Und der Typ hat mich angesehen, die Augenbrauen hochgezogen und mich von oben bis unten gemustert.
»Echt?«, hat er gesagt.
Und dann haben beide gelacht.
Und ich: »Also, schön, dich zu sehen.« Und hab mich umgedreht.
Aber der Typ hat mich festgehalten und gelacht: »Mann, komm, war nett gemeint. Wirklich. Die Frau, mit der Carus befreundet war, muss gut sein. Carus sucht sich immer gute Typen aus.«

»Er ist ja selber auch ein guter Typ«, sagte Sophie darauf.
Und der Kerl: »Er wird immer besser.«
»Ja«, sagte Sophie, »er wird immer entspannter. Nimmt die Sache cool.«
»Welche Sache?«, fragte ich, obwohl ich nichts fragen wollte.
»Na, das ganze verfickte Leben«, sagte der Typ.
Und Sophie tat, als habe er einen megaguten Witz gemacht, und kringelte sich fast. Solche Mühe habe ich mir nie gegeben, über die blöden Witze blöder Jungs zu lachen, als wären es philosophische Ergüsse.
Aber egal. Ist sowieso alles egal.
Jedenfalls habe ich Sophie da zum ersten Mal wiedergesehen seit dieser Albtraumfete im *Flohzirkus* und da war sie eindeutig noch dünner und noch blasser. Fast durchscheinend irgendwie. Hatte dünne Beine wie Stöckchen. Kerzengerade, aber dünn, sodass die Knie richtig abartig dick und rund aussahen.
Aber okay: Carus muss es schön finden, ich nicht.
An dem Tag hab ich zum ersten Mal von Jackies Party gehört.
Ich hab so getan, als wäre das keine Überraschung.
»Und wer ist Jackie?«, fragte der Typ.
Darauf Sophie: »Das ist eine aus Carus' Clique.«
»Ah, okay«, hat der Typ gesagt. »Dann sorg mal dafür, dass ich auch eingeladen werde.«
»Bist du schon«, sagte Sophie. »Das werde ich managen. Einer muss schließlich für Stimmung sorgen, oder?«
Und beide haben wieder gelacht. Und ich dachte: Aha, das

meinen sie mit Stimmung: Irgendeiner muss den Stoff mitbringen.
Seit dem Augenblick hab ich gewartet, ob Jackie mich zu der Party einlädt. Aber sie hat nichts gesagt.
Jedenfalls nicht ausdrücklich zu mir. Sie hat zwar viel von der Party geredet und was man alles organisieren muss. Und dass es kein Geld kosten darf, weil ihre Eltern gesagt haben: Wir richten die Wohnung her und lassen euch die Bude für den Abend, aber für Essen und Getränke müsst ihr selber sorgen. Aber direkt eingeladen hat sie mich nicht.
»Okay, ich kauf einen Kasten Bier«, hat Noah angeboten.
Und Benni hat genickt und gesagt: »Und ich Cola.« Er passt jetzt immer ein bisschen auf mit dem Alkohol.
Dabei tut er in die Cola dann natürlich immer was rein, Rum oder so. Aber jedenfalls macht es auf seine Eltern einen superguten Eindruck, wenn er auf eine Party geht und eine Kiste Cola mitschleppt.
So haben sie alle geredet. Dörte wollte Pizza backen und Jackie wollte ihren Nachbarn fragen, ob er ein paar von diesen großen Laugenbrezeln schmeißt. Der arbeitet nämlich in der Großbäckerei, die die herstellen. Davon haben die Tonnen, hat Jackie gesagt.
Und ich stehe neben ihnen und höre zu und keiner fragt mich: Und du, Lara, was bringst du mit?
Sie tun einfach, als wäre ich Luft. So lange, bis es mir so peinlich ist, und mein Kopf rot ist wie eine Tomate und ich einfach weggehe. Und dann spüre ich ihre Blicke wie spitze Pfeile in meinem Rücken. Und frage mich, was sie jetzt über mich tratschen.

Und wenn ich ein Lachen auf dem Schulhof höre, denke ich: Jetzt lachen sie über mich. Und wenn ich mich dann aber plötzlich umdrehen würde und sie anschauen, dann weiß ich genau, sie würden lächeln und so tun, als wäre nichts.

12. Kapitel

Sie wissen es alle. Davon bin ich fest überzeugt. Sie reden nicht darüber, aber sie wissen es.
Mama streicht mir morgens immer so zärtlich über den Kopf, fast tröstend, und murmelt etwas, das so klingt wie »Ach, Schätzchen, wird schon wieder«. Vielleicht heißt es auch etwas anderes. Ich frag lieber nicht nach. Wenn ich fragen würde, müsste ich womöglich Rede und Antwort stehen, und das kann und will ich nicht. Jedenfalls nicht jetzt, wo alles noch so frisch ist.
Früher habe ich immer gedacht, wenn man sich mit dem Messer in die Hand schneidet, aus Versehen, beim Zwiebelschneiden oder so, das muss furchtbar sein. Dieser Schmerz und dann das Blut. Und der Arzt, der so ein brennendes Spray darauftut. Dann der Verband und womöglich eitert die Wunde unter dem Verband, ganz schrecklich.
Ich konnte nie hinsehen, wenn ich Leute mit Verletzungen getroffen hab. Leute, die irgendeine offene Stelle am Bein haben, am Fuß, im Gesicht. Ich konnte einfach nicht hinsehen.
Heute weiß ich, dass die schlimmsten Schmerzen da sitzen, wo sie niemand sieht: irgendwo in der Gegend zwischen Herz und Seele.
Man macht das gleiche Gesicht wie immer, zieht die gleichen Klamotten an, trinkt morgens einen Milchkaffee und beißt in ein Tomaten-Schinken-Sandwich wie sonst. Dabei ist alles anders, weil innen, in einem selbst, alles anders ge-

worden ist. Das merken Außenstehende nicht, nur ein paar Menschen, die einem sehr nahe sind. Von denen man geliebt wird. Dass Mama mich lieb hat, weiß ich, wenn sie mir morgens über die Haare streicht. Ich weiß auch, dass Papa mich lieb hat. Abends, wenn sie vor dem Fernseher hocken und Nachrichten gucken und ich komme ins Zimmer, dann sagt Papa immer: »Na, mein Schatz?«, und breitet die Arme aus. Und lächelt so lieb.

Und ich, ganz cool, nuckle an meinem Drink oder löffle meinen Müsli-Joghurt und sage lässig: »Hallo, Papa, wie war dein Tag?«

Aber ich weiß, dass er es weiß. Dass er etwas ahnt. Es fällt ja auch auf, dass ich nicht mehr am Telefon hänge wie früher, mich keiner aus der Clique mehr besucht und ich jetzt viel öfter zu Hause bin. Und meine Handyrechnung ist so niedrig, dass man fast drüber lachen kann. Außer den Grundgebühren, die meine Eltern zahlen, muss ich fast überhaupt nichts drauflegen. Wen soll ich auch anrufen?

Sie haben mir ja unmissverständlich gesagt, dass ich nicht mehr zu ihnen gehöre. Dass ich mir neue Freunde suchen soll.

Jackies Geburtstag ist bestimmt toll gewesen. Ich hab keine Ahnung. Ich war nicht dabei.

Noah kann sich neuerdings ein Mofa leisten. Weiß der Himmel, von welchem Geld. Ich habe einen Verdacht, aber ich sag nichts. Dörte ist wieder mit Benni zusammen und sie kichert immer noch genauso hysterisch, wenn sie mich sieht, wie früher und wir reden über die Schularbeiten oder die Testergebnisse. Aber mehr auch nicht. Nie fragt mich

einer aus der Clique (ich muss ja eigentlich sagen: aus meiner ehemaligen Clique): Was machst du heute Nachmittag? Was hast du am Wochenende vor?
Sie fragen nicht mal, wie es Oskar geht. Sie sagen nicht einmal: Wie geht es deinem Schizo?
Sie sagen gar nichts. Sie interessieren sich einen Dreck für mein Leben. Das muss ich einfach kapieren.
Es wäre gut, wenn Oskar jetzt da wäre. Oskar ist immer so fröhlich, er möchte, dass wir zusammen Spaß machen, und das zieht mich dann auch irgendwie aus dem Sumpf. Aber Oskar ist seit einer Woche auf diesem Reiterhof. Die Kinderärztin hat eine Therapiegruppe empfohlen, die sich besonders mit Down-Kindern beschäftigt. Sie sollen durch den Kontakt mit den Pferden neue Erlebnisse bekommen. Andere Empfindungen sollen stimuliert werden. Sie sollen durch das Pferd Vertrauen und Wärme spüren.
Oskars Mama wünscht sich so sehr, dass ihn das irgendwie weiterbringt – in der letzten Zeit, sagte sie, ist alles zum Stillstand gekommen bei ihm. Ich wünsche es ihm auch.
Ich habe Oskars Mama schon zwei SMS geschickt, aber noch keine Antwort, bestimmt sind sie unheimlich beschäftigt da auf dem Reiterhof. Das Wetter ist ja im Augenblick ganz schön.
Früher habe ich mit Sonja oft über Oskar geredet. Wir haben uns auch mal überlegt, wie es wäre, wenn wir später, als Mütter, ein behindertes Kind hätten. Auch wenn Sonja immer dieses Wort »Schizo« gebraucht hat – ich weiß, dass sie früher anders dachte. Wir waren uns beide einig, dass wir ein behindertes Kind noch mehr lieben würden als ein gesundes.

Oh Mann, wie gut wir uns damals vorkamen. Wie edel. Und hilfreich. Was ist bloß passiert?
Wieso kann ich mit denen nicht mehr über Dinge reden, die mich beschäftigen?
Aber gut. Okay. Die können mir nicht mehr wehtun. Die können mich nicht mehr verletzen, keiner von denen. Noah nicht mit seinem blöden Mofa und Benni nicht, obwohl der sich wirklich mal hätte melden können. Aber der ist ja jetzt mit Dörte zusammen und die beiden haben offenbar ihren ersten Sex miteinander gehabt auf Jackies Geburtstag. Die Eltern sind genau in dem Augenblick nach Hause gekommen, als Benni und Dörte es im Schlafzimmer versucht haben. Ich weiß das von Mirna. Ein Mädchen, das neu in meiner Klasse ist. Es muss irgendwie ziemlich peinlich, aber auch wieder witzig gewesen sein.
Noah hat zu Mirna gesagt: »So was schweißt halt noch mehr zusammen, wenn man zusammen etwas erlebt. Als Clique.«
Als Mirna es mir erzählt hat, hab ich gar nichts gesagt. Und Mirna hat zu mir gesagt: »Weißt du, was? Vergiss die doch einfach. Das lohnt sich doch gar nicht. Die kiffen sich ja noch die Seele aus dem Leib. Mit zwanzig sind das Wracks. Das kannst du mir glauben. Da ist bei denen an der Stelle, wo andere ein Gehirn haben, nur noch eine große weiße Kugel, auf der Ecstasy steht.«
Wir haben bei der Vorstellung beide lachen müssen.
Mit Mirna bin ich jetzt öfter zusammen. Wir haben uns durch Zufall an einem Nachmittag getroffen. Es kam gerade ein Wahnsinnsgewitter runter, da haben wir beide unter

dem Dach von Dussmann Schutz gesucht. War echt komisch, wir beide, total durchweicht, und beide mit einem Harry-Potter-Buch unter dem Arm.

»Du liest auch Harry Potter?« Haben wir wie aus einem Mund gefragt.

Und dann stellte sich raus, dass wir beide schon alle Bände gelesen hatten und dass Mirna das Buch für ihre kleine Schwester zum Geburtstag gekauft hat. Ich habe es für meine Omi besorgt, weil die es unbedingt lesen will. Harry-Potter-Bücher sind die erfolgreichsten Bücher in Deutschland seit »Der kleine Prinz«. Ich persönlich finde »Der kleine Prinz« besser. Es ist die Geschichte von einem kleinen Jungen, der von einem Planeten auf den anderen reist, um Freunde zu suchen. Aber nie findet er Freunde, sondern nur verschrobene Einzelgänger. Am besten gefällt mir die Geschichte, wie der kleine Prinz auf den Planet kommt, wo der Fuchs wohnt, und der kleine Prinz fragt den Fuchs, ob sie Freunde sein können. Da sagt der Fuchs: »Dann musst du mich zähmen.« Und der kleine Prinz fragt: »Was heißt das?«

Und der Fuchs sagt: »Du hast Haare in der Farbe des Weizens. Wenn du mich gezähmt hast und wieder weiterreist zu anderen Planeten, dann werde ich nur ein Weizenfeld anschauen müssen, um an dich zu denken. Aber damit das geschieht, musst du mich zähmen.« Oder so ähnlich geht es.

Oder wie sich der kleine Prinz um seine Rose kümmert, die unter einem Glassturz lebt, weil sie Angst vor Spinnen hat. Oder wie er die Schlange bittet, ihn mit ihrem Gift zu töten, damit er wieder auf seinen eigenen Planeten zurückkommt.

Als der kleine Prinz auf die Erde kommt, trifft er mitten in der Wüste einen Piloten, dessen Flugzeug zu Bruch gegangen ist. Der kleine Prinz möchte so gerne ein Schaf haben. Und er bittet den Piloten: »Zeichne mir ein Schaf.« Aber der Pilot kann überhaupt nicht gut zeichnen. Und er hat auch keine Zeit. Sein Flugzeug ist kaputt, sie sind mitten in der Wüste und es gibt kein Wasser. Er muss sich beeilen, deshalb kritzelt er schnell nur ein paar Striche. Der Prinz, ganz enttäuscht: »Aber das ist kein Schaf.«
»Das ist die Kiste«, sagt der Pilot, der nur an sein kaputtes Flugzeug denkt, »das Schaf, das du möchtest, ist da drin.«
Und der kleine Prinz nimmt das Blatt, setzt sich auf einen Stein und betrachtet lange die Kiste. Und dann lächelt er plötzlich und sagt: »Oh, schau mal, es ist eingeschlafen.«
Da hab ich geweint.
Mirna findet »Der kleine Prinz« auch ganz wunderbar.
Omi auch. Omi hat es mir geschenkt. Erst auf Deutsch, dann auf Englisch und jetzt habe ich auch die französische Ausgabe, seit wir in der Schule Französisch haben. Das Original ist ja französisch. Antoine de Saint-Exupéry war Franzose.
Von Omi habe ich viele Bücher bekommen. Ist ja auch kein Wunder. Jemand, der selber immerzu Bücher schreibt, liest eben auch viel. Oder hat viel gelesen. Omi sagt, man muss die Weltliteratur kennen. Aber das sind mindestens fünfzigtausend Bücher! Wenn ich jetzt anfange, die alle zu lesen, dann bin ich hundert und habe sie immer noch nicht alle durch!
Mirna möchte meine Omi gerne kennenlernen, sie hat

schon drei Bücher von ihr gelesen und war ganz begeistert, als ich ihr sagte, dass ich mit ihr verwandt bin.
Mirna hat in unserer Klasse überhaupt keine Freunde. Sie ist erst vor einem Jahr neu zu uns gekommen und da gab es schon feste Gruppen und Freundschaften, sodass sie nirgendwo reingekommen ist. Und es war auch schwierig für sie, weil sie besonders klug ist und alles schon weiß. Sie hat in Amerika gelebt und spricht besser Englisch als unser Lehrer. Das sind alles so Sachen. Dafür braucht sie in Mathe Nachhilfe. Ihre Eltern sind sehr ehrgeizig. Ihr Vater ist Professor für Musikwissenschaft. Und ihre Mutter ist Archäologin. Bei Mirna zu Hause sieht es aus wie in Filmen, die ich früher immer so gern gesehen hab: Bücher von der Erde bis zur Decke, schöne Bilder an den Wänden und lauter Skulpturen, die Mirnas Eltern aus allen Teilen der Welt zusammengetragen haben. Masken aus Afrika, Buddha-Statuen aus Indonesien, Ikonen aus Russland. Dafür haben sie nur ganz billige Möbel und geben überhaupt kein Geld für teure Kleider aus. Mirnas Eltern sind der Ansicht, dass man das Geld für wichtige Dinge ausgeben sollte. Sie gehen viel mit Mirna ins Theater und eine Theaterkarte kostet so viel wie eine neue Jeans zum Beispiel. Aber Mirna sagt: »Ich geh lieber mit meiner alten Jeans ins Theater, als mit meiner neuen Jeans in eine Disco.«
Früher dachte ich, dass Mirna ein bisschen arrogant und hochnäsig ist, aber das stimmt gar nicht: Sie ist nur anders. Sie hat über unheimlich viele Sachen nachgedacht. Ich wette, über solche Sachen haben Carus oder Noah oder Jackie noch nicht eine halbe Sekunde nachgedacht. Wir reden auch über den Tod.

Oder wie es ist, wenn unsere Eltern auf einmal ganz alt sind. Wie wir uns fühlen. Ob man sich dann immer noch als Kind fühlt oder ob einem die alten Eltern dann vielleicht vorkommen wie kleine Kinder? Ob sich alles auf der Welt schließt wie ein Kreis, von der Geburt bis zum Tod? Und ob es einen Gott gibt?

Es ist schön, mit Mirna über so was zu reden.

Mirna hört auch klassische Musik. Sie kennt alle Sonaten von Mozart. Ich meine natürlich alle Sinfonien. Sonaten hat er ja Tausende geschrieben. Manchmal liegen wir in ihrem Zimmer auf diesen indischen Kissen, zünden Räucherstäbchen an und hören »Eine kleine Nachtmusik«. Das ist so heiter und festlich und klingt einfach schön. Überhaupt sehr altmodisch. Oder Ravel. Was einem da für Bilder durch den Kopf gehen!

Wenn ich Hip-Hop oder Rockmusik gehört hab, sind nie Bilder in meinem Kopf entstanden. Das ist wirklich komisch. Erklären kann ich es auch nicht.

»Man muss nicht alles erklären können«, sagt Mirna dann. »Manchmal reicht es doch auch, wenn man irgendetwas einfach nur schön findet.«

13. Kapitel

Sie haben Noah erwischt, beim Kiffen, in der Schule. Das heißt, nicht während der Schulstunden, sondern nachmittags. Nachmittags trifft sich immer die Volleyball-Mannschaft in der Turnhalle. Bei schönem Wetter spielen sie draußen. Früher hatte Noah mal Ambitionen beim Volleyball, aber das hat sich gegeben wie vieles andere auch.
Noah wollte ja auch mal Testpilot werden, dafür muss man fit sein wie ein Turnschuh, hat er gesagt, sonst kommt man nicht einmal durch die erste Musterung. Aber wer Noah heute sieht – wie der mit hängenden Schultern über den Schulhof schlurft, ohne Schuhbänder, sodass er sowieso jeden Augenblick stolpern kann, und mit gepiercten Augenbrauen –, würde wirklich nicht auf die Idee kommen, ihn mit einem Turnschuh zu vergleichen. Höchstens mit einem uralten, ausgelatschten.
Natürlich war die ganze Clique da. Sie haben auf den Bänken gehockt und zugeschaut, wie die anderen spielten. Und dabei ist die Haschzigarette rumgegangen. Weil es draußen war, konnte man so schnell nicht riechen, dass sie Hasch geraucht haben.
Jedenfalls war es ganz schön blöd von ihnen.
Noah hatte den Joint gerade in der Hand, als Paulsen auftauchte, unser Direktor. Er tauchte, sagte Jackie, aus dem Nichts auf. Er stand plötzlich einfach hinter ihnen. Keiner hatte ihn kommen sehen, als sie auf den Sportplatz gingen. Vor dem Spiel war Paulsens Volvo jedenfalls noch nicht da.

Der Direktor hat für seinen alten Wagen einen besonderen Parkplatz, auf dem steht ein kleines Schild DIREKTOR, deshalb weiß jeder immer, ob der Direktor im Haus ist oder nicht. Noah sagt, als sie über den Parkplatz zum Sportplatz gegangen sind, war Paulsens Auto definitiv noch nicht da. Er hängt sich jetzt an solchen Nebensächlichkeiten auf. Als wenn das einen Unterschied macht. Na ja, vielleicht hätten sie nicht gerade in aller Öffentlichkeit gekifft, wenn sie gewusst hätten, dass der Direktor in der Nähe ist. Tatsache ist aber auch, dass die Jungen sogar auf dem Schulklo kiffen, während des Unterrichts.

»Darf ich die Zigarette einmal sehen, Noah?«, hatte Paulsen gefragt. Ganz plötzlich, von hinten an seinem Ohr, war da die Stimme des Direktors. Noah ist so was von zusammengezuckt, ihm ist vor Schreck, sagt er, die Zigarette aus der Hand gefallen. Und dann hat Jackie sie schnell ausgetreten, mit ihrem Schuh richtig in den Boden gedreht. Dann hat sie sich umgedreht, Paulsen angestrahlt und gesagt: »Oh, das tut mir leid. Sie wollten die Zigarette, oder?«

Der Direktor hat sich wortlos gebückt, mit spitzen Fingern die Kippe aufgehoben, die in seine hohle Hand gelegt und ist damit verschwunden.

Benni, Noah, Jackie und Dörte saßen da. Auf einmal alle kreidebleich und überhaupt nicht mehr so cool wie sonst.

Noah sagt, er habe echt geschlottert.

Ich weiß das nicht von Noah selbst, sondern von Mirna. Mirna ist jetzt in der SV, der Schülermitverwaltung, und sie kriegt viel mehr mit als wir anderen. Eigentlich behält sie das meistens für sich, aber mir erzählt sie schon was. Besonders wenn es den einen oder anderen aus meiner Exclique betrifft.

»Weißt du, dass der Direktor Noah beim Kiffen erwischt hat?«, hat sie mich eines Tages gefragt, als wir zusammen von der Schule nach Hause gingen. Sie wohnt zwei Häuserblocks von mir entfernt. Sie war noch nicht bei mir zu Hause, aber ich will sie demnächst mal einladen. Im Augenblick hab ich noch etwas Hemmungen, weil ihre Wohnung so viel toller ist als unsere. Aber da komme ich auch irgendwie durch.

»Du machst einen Witz«, hab ich gesagt, »einer wie Noah lässt sich doch nicht erwischen.«

Und dann hat Mirna mir erzählt, wie es passiert ist. Der Direktor hat die Kippe in seinem Büro untersucht und hat noch die Drogenexpertin unserer Schule dazugeholt, die Biolehrerin. Frau Dohse brauchte nur einmal ihre Nase an die Kippe zu halten und wusste Bescheid. Man sieht ja schon, wie so eine Zigarette gedreht ist. Man sieht es eigentlich sowieso sofort. Und wie die Typen sie halten. Und was sie dabei für ein Gesicht machen, wenn sie ganz tief inhalieren, sodass die Wangen sich richtig nach innen stülpen, als wollten sie sie in den Hals ziehen. Ich weiß, das klingt jetzt fies.

Der Direktor hat Noahs Eltern zu sich bestellt. Und Noah, der hat nicht einmal versucht, etwas abzustreiten. War ja sozusagen auf frischer Tat ertappt worden, in flagranti.

Also hat der Direktor Noahs Eltern zur Sprechstunde gebeten und es hat wohl eine ziemlich unangenehme Auseinandersetzung gegeben, weil Noahs Vater jetzt der Schule vor-

wirft, die würden die Aufsichtspflicht verletzen. Sie hätten darauf zu achten, dass die Schüler keine Drogen nehmen.
Darauf hat der Direktor wohl sinngemäß erwidert: »Und die Eltern haben darauf zu achten, dass die Kinder außerhalb des Unterrichts nicht an Drogen kommen.«
»Und wie sollen wir das machen?«, hat Noahs Vater gefragt.
Und daraufhin Paulsen: »Eben, das ist das Problem. Ich weiß es auch nicht. Also werfen Sie mir nicht mangelnde Aufsichtspflicht vor.«
In der Schule ist es jetzt ätzend. In jeder Stunde wird das Drogenproblem durchgenommen. Jeder Lehrer glaubt, irgendwie mit dem Thema umgehen zu müssen, in Englisch lesen wir einen Text über Drogen an amerikanischen Schulen. In Chemie müssen wir Versuche über uns ergehen lassen, die beweisen, wie schädlich Drogen sind. In Deutsch lesen wir einen Text von Christian Kracht, das ist so ein ausgeflippter Yuppie, der immer vollgeknallt mit Drogen war, als er so alt war wie wir. In Geo nehmen wir auf einmal Kolumbien durch, obwohl wir vorher bei Alaska waren, und der Lehrer erzählt uns von den Drogenbaronen und den Milliardengeschäften der Drogenmafia und wie sie im Hochland die riesigen Marihuanafelder anlegen und die Polizei mit Hubschraubern nach illegalen Feldern sucht. Eigentlich alles ziemlich spannend.
Aber Noah und noch ein paar Leute aus meiner Klasse, von denen jeder weiß, dass sie Drogen nehmen, sitzen da, gähnen und strecken gelangweilt die Beine aus und kratzen sich am Hals.

Meine Exclique hält zusammen. Wie Leute, die sich auf einem Rettungsfloß aneinanderklammern, während sie sehen, wie eine große Welle auf sie zurollt. Es ist, als ob einer den anderen beschützen will. Man sah sie ja immer nur im Pulk auf dem Schulhof, in der Stadt oder auf dem Sportplatz, aber jetzt kleben sie zusammen wie ein Klumpen. Was auch immer gerade angesagt ist: Noah, eingekeilt von seinen Jüngern.
Ich gehöre nicht mehr dazu. Manchmal gibt es mir noch einen richtigen Stich, wenn ich sie plötzlich treffe. Sie hocken im Tiergarten, haben eine Decke ausgebreitet und albern herum. Ich komme zufällig vorbei mit Chica, das ist eine Hündin, mit der ich manchmal nachmittags spazieren gehe. Sie gehört den Nachbarn, die auf der anderen Seite der Straße wohnen. Chica ist eine unheimlich süße Hündin und es macht mir echt Spaß, mit ihr eine Fahrradtour durch den Tiergarten zu machen.
Sie hocken da, lümmeln sich auf dieser blauen Decke, rauchen, trinken, albern herum. Und tun, als wäre ich Luft.
Sophie hat ihren Kopf in Carus' Schoß. Carus krault ihre Haare, was ich schon mal ziemlich blöd finde, wenn man solche Haare hat wie Sophie. So einen strohigen Filzschopf, das kann doch echt kein Vergnügen sein. Wenn ich jetzt richtig fies wäre, würde ich sagen, er laust sie. Aber das sage ich nicht (ich werde das nachher wieder durchstreichen, aber jetzt lasse ich es erst einmal stehen, weil ich so eine Wut habe).
Carus macht auf coolen Lover, trinkt Bier aus der Dose, während er Sophie krault, und Sophie spielt mit ihrem

Handy herum. Noah schickt gerade eine SMS an Werweiß-wen und gibt damit an, dass er irgendwas Tolles auf seinem Display entdeckt hat. Sonja feilt an ihren Fußnägeln herum. Auch etwas, das mir im Traum nicht einfiele: Man ist mit der Clique unterwegs und feilt sich die Fußnägel. Ich kann mich nicht erinnern, dass sie so was früher in der Öffentlichkeit getan hat. Aber damals hatten wir ja auch noch unsere Mädelsnachmittage, die Badetage und Schönheitstage, da kam dann all so was dran, von der Gurkenmaske bis zum Augenbrauenzupfen. Iiiih, wie das manchmal wehtat, wenn Sonja mir die Augenbrauen direkt an der Nasenwurzel gezupft hat. Jetzt macht sie also alles mitten im Tiergarten, während die Jungen zusehen. Vielleicht ist das die neue Freiheit, auf die sie so stolz sind. Keine Ahnung oder sie sind von den Drogen schon so abgehoben, dass sie gar nicht mehr merken, wie total bescheuert so was ist.
Worüber rege ich mich eigentlich auf? Ich gehöre doch sowieso nicht mehr dazu.
Auf der Wolldecke liegt der kleine rote Lederbeutel, in dem Noah seinen Tabak aufbewahrt, und Dörte klaubt gerade ein paar Fingerspitzen Tabak heraus und streut sie auf ein Zigarettenpapier, das sie dann richtig professionell zusammendreht und mit der Zunge festklebt.
Das alles sehe ich sozusagen im Zeitraffer, während Chica mich mit aller Kraft zu der Gruppe zieht. Eine Tüte Chips liegt auf der Decke. Und Chica ist total verrückt nach Kartoffelchips.
»Chica!«, rufe ich. »Komm hierher, sofort!«
Und da erkennen sie mich.

»Hey«, ruft Noah, »dein Hund hört wohl nicht.«
»Ist doch gar nicht ihr Hund«, sagt Sonja. »Die haben doch keinen Hund.«
»Was ist das für eine Rasse?«, fragt Jackie ganz freundlich. Und ich denke, so cool muss ich schon sein, dass ich jetzt bei ihnen stehen bleibe. »Ein Bordercollie«, sage ich.
»Ist das 'ne Mischung oder so?«, fragt Dörte.
Dörte ist einfach zu blöd.
»Bordercollies sind sehr wertvolle Hunde«, sagt Jackie. »Stimmt doch?«
»Ja«, sage ich. »In Australien hüten sie Schafe.«
»Und was macht das Vieh dann hier?«, fragt Noah und alle lachen.
»Wo es in Australien so viele Schafe gibt«, fügt Noah hinzu. Und alle lachen noch mehr.
Und dann sagt Jackie: »Aber hier gibt es doch auch viele Schafe. Schau dich doch mal um.«
Und alle gucken mich an. Und ich werde rot wie eine Tomate. Und als sie das sehen, lachen sie noch mehr.
Und dann steht Sonja auf. Sie trägt unter ihrer Leinenbluse einen neuen Bikini, den lässt sie mal so kurz blitzen, damit ich auch schön neidisch werde. Und sie kommt auf mich zu und sagt: »Hey, Leute, das war gemein.«
»Wieso?«, fragt Noah und macht ein unschuldiges Gesicht.
»Lara ist doch kein Schaf«, sagt Sonja und gibt mir einen Kuss, bevor ich mich wegdrehen kann.
»Hat ja auch keiner behauptet«, sagt Benni.
Und Sonja sagt: »Vergesst nicht, dass sie mal zu uns gehört hat.«

»Echt?«, fragt Dörte und rollt mit den Augen. »Sie hat mal zu uns gehört?«
Und ich zerre an der Leine, weil ich will, dass Chica zu mir kommt, aber es ist diese lange Laufleine und Chica hat sie um den Baum gewickelt und steht jetzt hechelnd und fröhlich mitten unter diesen Typen und ich komme mir vor wie ein Idiot. Oder wie ein Schaf. Wahrscheinlich hat Sonja recht.
»Hey«, sagt Benni, »der Hund, der stranguliert sich.«
Ich lege das Fahrrad ins Gras und gehe einmal um den Baum rum, ziehe dabei die Leine kürzer. Chica springt an mir hoch, leckt mir die Hände.
»Igitt«, sagt Noah, »dass mir ja keiner Lara die Hand gibt. Der Hund sieht aus, als wenn er einen Bandwurm hat, das überträgt sich durch Spucke.«
»Ihr seid so was von fies«, bricht es aus mir heraus. Ich könnte heulen, aber meine Wut ist größer. »Ihr seid wirklich das Letzte. Komm, Chica.«
Aber Chica will erst noch einen Chip. Sie setzt sich hin und macht Dörte schöne Augen. Und Dörte wedelt mit dem blöden Chip vor Chicas Schnauze, aber immer genau in der Entfernung, dass der Hund nicht zuschnappen kann. Dörte ist bestimmt stoned. Sie macht jedenfalls den Eindruck. Sie kichert wie blöde, die ganze Zeit, während Chica sich den Hals nach dem blöden Chip verrenkt.
Jackie schaut mich an. Und fragt plötzlich: »Und was machst du neuerdings eigentlich den ganzen lieben langen Tag? Führst anderer Leute Hunde Gassi, okay. Und sonst?«
»Danke, dass du dir solche Sorgen um mich machst, Jackie«,

sage ich spitz, »aber ich hab keine Probleme. Ich hab genug zu tun.«

»Du könntest hier noch sitzen«, sagt Noah, »wenn du dich damals nicht so blöd angestellt hättest.«

»Und wenn ich das überhaupt nicht mehr will?«, sage ich patzig.

»Hey«, sagt Carus sanft, »jetzt lügst du. Wir waren doch eine tolle Clique.«

Das sagt ausgerechnet Carus! Immerhin sind wir mehr als zehn Monate zusammen gewesen, er und ich. Aber das hat er wahrscheinlich völlig aus seinem Gehirn gestrichen. Ich arbeite noch dran. Irgendwann wird es mir auch gelingen. Aber im Augenblick gibt mir so ein Satz, von ihm so hingeworfen, einen richtigen Stich.

»Ja«, sage ich, »das war früher. Bevor ihr euch zugesoffen und zugekifft habt.«

Sonja reckt sich, schaut mich feindselig an.

»Hey, hey«, sagt sie, »nun mal langsam. Erzählst du etwa so was in der Gegend rum?«

»Quatsch«, sage ich, »das sage ich nur zu euch.«

Noah schaut die anderen an. Die anderen schauen mich an. Chica nutzt die Gelegenheit und schnappt sich endlich den blöden Kartoffelchip. Und ich wische mir verstohlen eine Träne aus den Augen. Zu blöde, dass man das mit den Tränen nicht kontrollieren kann.

»Also dann«, sage ich und steige wieder auf mein Fahrrad, »bis morgen.«

»Ja, bis morgen«, sagt Benni.

Und Dörte ruft mir nach: »Das tut mir leid, neulich, wegen

der Cola.« Und bricht in ein absolut wahnsinniges Kichern aus. Bis alle mitgrölen.

Ich hebe nur die Hand, als wollte ich sagen: Was seid ihr bloß für Arschlöcher.

14. Kapitel

Guck mal«, sagt Omi, »was ich hier habe.«
»Was denn?«, frage ich.
Omi steht in der Tür zu meinem Zimmer. Ich sitze am Schreibtisch und tue so, als würde ich Schularbeiten machen.
»Ja, wenn du nicht guckst«, sagt sie.
Also gebe ich meinem Schreibtischstuhl einen Schwung und drehe mich zu ihr um. Omi sieht absolut superstark aus. Sie trägt immer so weite Leinenklamotten, lange Röcke, weite Jacken und dicken exotischen Schmuck aus Holz oder Silber. Sie hat ihre Haare ganz straff zurückgebunden und an den Ohren baumeln auch immer ganz verrückte Ohrringe. Ihre Lippen sind geschminkt, aber sonst nimmt sie immer nur ein bisschen Puder.
Sie trägt immer supermodische Schuhe und ihre Nägel sind mit farblosem Perlmuttlack lackiert. Wenn sie redet, schiebt sie ihre Fledermausärmel hoch und klimpert mit den vielen Armringen.
Früher, wenn ich Geschichten gelesen hab, in denen eine Großmutter vorkommt, habe ich mir immer so eine Frau mit silbernen Löckchen und ganz vielen Falten im Gesicht vorgestellt. Meine Omi hat schwarze Haare und praktisch überhaupt keine Falten. Omi sagt: »Falten bekommt man vom Kummer. Und ich habe eben immer dafür gesorgt, dass der Kummer um mich einen Bogen macht.«
»Und wie hast du das hingekriegt?«, habe ich gefragt.

Da hat sie gelacht und mich an sich gezogen und geflüstert: »Ich verrate dir ein Geheimnis: Ich habe mich nie von einem Mann abhängig gemacht. Ich bin immer frei gewesen.«
Omi hatte früher ganz viele Liebhaber, hat Mami erzählt, aber nur drei, mit denen sie länger gelebt hat. Und sie war nie verheiratet. Meine Mami hat sie ganz alleine aufgezogen. Mami weiß überhaupt nicht, wer ihr Vater ist, das verschweigt Omi einfach. Darüber redet sie nicht. Mama hat das Gefühl, dass ihr Vater ein berühmter Mann ist. Und dass er vielleicht verheiratet war, als Omi mit meiner Mami schwanger war.
Als ich sie einmal gefragt hab, warum sie den Namen nicht preisgibt, hat sie nur ein bisschen traurig gelächelt und gesagt: »Wozu denn, Schätzchen, es würde nur alte Wunden aufreißen? Außerdem ist er schon lange tot.«
»Tot?«, hab ich gefragt. »Und weiß Mami das?«
Omi hat genickt.
»Und woran ist er gestorben?«, hab ich gefragt. »Oder ist das auch ein Geheimnis?«
»Er ist in Afrika gestorben«, hat Omi gesagt. »An Malaria. Er hat da im Busch gearbeitet.«
»Und was hat er da gemacht?«, hab ich gefragt.
Aber das will Omi nicht sagen. Ich glaube, mein Opa hatte etwas mit dem Film zu tun. Ich glaube, er war Amerikaner und er war dabei, als sie den Film »Jenseits von Afrika« gedreht haben. Mit Meril Streep und Robert Redford. Ich bin deshalb so sicher, weil Omi den Film mindestens hundertmal gesehen hat. Weil sie eine DVD von dem Film auf Englisch besitzt und eine auf Deutsch und eine auf Fran-

zösisch. Und weil sie die Dialoge in dem Roman auswendig kennt.
Vielleicht hat mein Opa ja das Drehbuch zu dem Film geschrieben oder er war Kameramann. Oder Regisseur.
Mirna hat gesagt, ich soll es doch einfach ein Geheimnis bleiben lassen, dann kann ich mir immer etwas ausmalen. Und das ist manchmal besser als die Wahrheit.
Mirna sagt oft solche schlauen Sachen.
Das gefällt mir gut.
Omi kommt näher. Aus ihrem Fledermausärmel holt sie einen Briefumschlag und legt ihn auf den Tisch.
»Da«, sagt sie.
Auf dem Briefumschlag steht kein Name, keine Adresse, nichts.
»Was ist das«?, frage ich.
»Mach doch auf, dann weißt du es«, sagt sie.
Ich schlitze den Briefumschlag auf. Er ist weiß und hat keinen Absender.
»Mann, Omi«, sage ich, »du machst es spannend. Hoffentlich ist es was Gutes. Nicht dass ich irgendeinen Schock bekomme.«
»Wieso sollst du einen Schock bekommen?«
»Weiß nicht«, sage ich. »Dir traue ich immer alles zu.«
Omi lacht und küsst mich. Sie riecht gut nach diesem teuren japanischen Parfüm. Und nach schönem Leinen. Omi kauft immer so tolle, teure Sachen. Aber sie verdient ja auch genug Geld mit ihren Büchern. Ihr neuer Roman ist schon in fünfzehn Sprachen übersetzt worden. Wenn ich einmal einen Roman schreibe, wünsche ich mir, dass er ins Russische

übersetzt wird. Russisch ist eine unheimlich schöne Sprache. Aber sehr schwer. In unserer Schule wird sie als AG angeboten. Aber ich konnte mich noch nicht entschließen, da einzusteigen.

In dem Briefumschlag liegen zwei Karten, hellblau, darauf steht EINTRITTSKARTE.

»Hey«, sage ich, »wofür ist das?«

»Das sind Karten für die Oper«, sagt Omi. »Lies doch mal richtig.«

»Da steht Staatsoper Berlin.«

»Es ist ein Gastspiel aus New York«, sagt Omi. »Das New York City Ballett. Das ist zurzeit das berühmteste Ballett der Welt. Ich dachte, vielleicht würde es dir Spaß machen, so was mal zu sehen. Wo du jetzt manchmal klassische Musik hörst.«

Ich falle Omi um den Hals. So ganz sicher bin ich noch nicht, ob ich wirklich Lust habe, mir einen ganzen Abend ein klassisches Ballett anzusehen. Aber da die Leute aus New York kommen! Und die Besten der Welt sind! Es ist immer irgendwie aufregend, wenn man die Besten sieht. Die besten Tennisspieler, Rennfahrer, Cellospieler oder Sänger. Aber ich glaube, da sagt man: die größten Sänger. Der größte Sänger. Die größte Sängerin. So muss es richtig heißen.

»Und du willst da mit mir hin?«, frage ich, während ich Omis weiche Bäckchen küsse. »Mit deiner doofen Enkeltochter, die nichts von Ballett versteht?«

Omis Haut ist ganz anders als Mamis Haut. Irgendwie so, als fehle darunter die Luft, als müsse man sie ein bisschen mit Luft aufpumpen, damit sie wieder prall wird.

Aber sie hat keine Falten und darauf ist sie stolz.
»Ich bin an dem Tag in Wien bei meinem Verleger. Aber ich habe gedacht, vielleicht möchtest du jemanden einladen.«
»Ich? Jemanden einladen? In ein Ballett?«
»Ja«, sagt Omi, »Mirna zum Beispiel.«
»Hey, das stimmt! Mirna würde sich bestimmt ein Loch in den Bauch freuen, wenn ich ihr die Karten zeige! Mirna würde ja am liebsten ständig ins Theater gehen. Sie hat die ganze Zeit gesagt, dass ich mal mitkommen soll.«
Aber Mirna will so viel. Immer soll ich dieses und jenes mit ihr machen und den Nachmittag mit ihr verbringen und bei ihr zu Abend essen oder sonntags mit ihrer Familie im Garten grillen, aber mir geht das alles zu schnell. Ich bin noch nicht so weit, dass ich mich auf einmal an einen anderen Menschen hängen kann.
Ich hab Angst, dass da wieder was schiefgeht. Ich meine, dass sie mich auf einmal fallen lässt wie eine heiße Kartoffel. Ich möchte nie, nie wieder so etwas erleben wie das neulich im Tiergarten, dass man seine Freunde von früher wiedertrifft und das einen so runterzieht, dass man sich vorkommt wie der letzte Idiot. Wie beim Spießrutenlaufen. Und wenn dann noch unter diesen Leuten der Junge sitzt, der mal mein Herz besessen hat . . . danke schön.
Ich weiß nicht, vielleicht entdecke ich bei Mirna auch irgendwelche Charakterfehler. Vielleicht ist sie falsch. Vielleicht lügt sie oder sie klaut. Oder sie hat irgendein düsteres Geheimnis. Ich habe keine Lust auf düstere Geheimnisse und keine Lust auf Leute, die irgendwie kaputt sind. So kaputt, dass sie Drogen nehmen müssen. Oder sich nachts ein-

fach zusaufen. Auf Leute wie Noah und Jackie und wie sie alle heißen – habe ich einfach keine Lust mehr.
Meine Omi hat mir also zwei Karten geschenkt für den nächsten Dienstag, zwanzig Uhr, und sie liegen jetzt auf meinem Schreibtisch. Das Handy liegt auf meinem Nachttisch. Ich könnte ja mal Mirna anrufen und fragen, wie es ihr geht.
Und so ganz nebenbei rausfinden, ob sie nächsten Dienstag schon was vorhat. Ich könnte es machen. Und mir dann während des Gesprächs noch mal überlegen, ob ich sie einlade oder nicht.
»Hallo Mirna, ich bin's.«
»Lara! Mensch! Hallo!«
»Du hast meine Stimme sofort erkannt?«
»Na klar, na, ich bitte dich. Außerdem rufen mich nicht so viele Leute an und ich dachte schon, du meldest dich überhaupt nicht mehr.«
»Wieso? Wir haben uns doch heute in der Schule gesehen.«
»Ja klar, aber das ist was anderes. Ich wollte dir eine SMS schicken, aber dann wusste ich nicht, ob du dich freust.«
»Klar freue ich mich. Was wolltest du denn schreiben?«
»Na ja, eigentlich etwas Blödes.«
»Erzähl doch mal.«
»Ich wollte sagen, dass ich es toll finde, dass wir uns so gut verstehen.«
Ich werde rot, aber das kann Mirna nicht sehen. Ich muss lächeln. Obwohl ich nicht lächeln will. Aber manche Reflexe kann man nicht beherrschen. Das intuitive Lächeln ist auch ein Reflex. Glaube ich jedenfalls.
»Ich find's auch gut«, sage ich.

»Ehrlich?«
»Ja«, sage ich, »ehrlich.«
»Schade nur«, sagt Mirna, »dass man das nicht merkt.«
»Komm«, sage ich, »man merkt das schon.«
»Ich weiß jedenfalls«, sagt Mirna, »dass du immer noch an deiner alten Clique hängst.«
»Überhaupt nicht. Die sind mir so was von egal.«
»Das glaube ich dir jetzt nicht«, sagt Mirna. »Aber es ist auch egal.«
»Es soll dir aber nicht egal sein«, sage ich. »Ich möchte nämlich, dass du weißt, dass ich nicht die geringste Lust hätte, wieder in die Clique zu gehen, wenn Noah mich morgen fragen würde ...«
»Ja?«, sagt Mirna. »Was dann?«
»Ich würde sagen, verzieh dich. Echt, das würde ich sagen. Ich würde sagen, wie stellst du dir das vor? Erst behandelt ihr mich wie den letzten Dreck, nur weil ich mich geweigert habe, eure Sauf- und Drogen-Orgien mitzumachen, und lasst mich überall auflaufen, feiert alle Geburtstage ohne mich und plötzlich soll ich wieder dazugehören? Für wie blöd hältst du mich?«
»Das würdest du Noah sagen?«, fragt Mirna.
»Ja«, sage ich, »das würde ich Noah sagen.«
»So genau hast du dir das überlegt?«, fragt Mirna.
»Ja«, sage ich, »so genau hab ich mir das überlegt.«
»Und dann soll ich dir glauben, dass die Typen dir egal sind? Wenn du dir so genau überlegst, was du sagen willst, falls sie dich wieder einladen, in die Clique zu kommen?«
Mirna hat ja recht. Es stimmt. Es ist total unlogisch, dass ich

so viele Worte über die Clique mache. Wenn sie mir wirklich egal wäre, würde ich nicht ständig darüber reden.
»Tut mir leid«, sage ich, ein bisschen zerknirscht.
»Mir tut es leid«, sagt Mirna. »Du tust mir wirklich unheimlich leid.«
»Komm«, sage ich, »ist nicht dein Ernst.«
»Ist ja auch egal«, sagt Mirna. »Wieso hast du nun eigentlich angerufen?«
Das wäre jetzt der Augenblick, mit der Nachricht zu kommen: Ich hab zwei Karten für die Staatsoper. Das New York City Ballett. Ein Geschenk von meiner Omi. Die du so toll findest. Ich wollte dich fragen, ob wir da vielleicht zusammen hingehen wollen.
Und ich mache schon den Mund auf, um das zu sagen, da schießt dieses Bild in meinen Kopf: wie Carus und ich, beide schick angezogen, durch das Foyer der Staatsoper schlendern, wie wir die Treppen in den ersten Rang hochgehen, auf rotem Samt, und unsere Plätze einnehmen, wie wir uns das Programmheft ansehen, wie das Licht dann langsam verlöscht, der große Kronleuchter (in großen Opernhäusern gibt es immer einen Kronleuchter), und wie Carus dann seine Hand auf meine Hand legt und unsere Finger sich verhaken und wie Carus mir zuflüstert, gerade als der Dirigent seinen Taktstock hebt: Ich liebe dich.
Mir wird ganz schlecht. Ich glaube, ich muss ins Bad. Ich stecke mir einfach einen Finger in den Hals, wahrscheinlich muss das ganze Faule, das sich in meinem Magen verknotet hatte, einfach mal raus. Vielleicht verfaule ich von innen, weil ich mich so nach Carus sehne und ihn im nächsten Au-

genblick so sehr hasse. Weil ich alle so sehr hasse, dass es wehtut. Manchmal bekomme ich einen heißen Kopf vor Hass, vor Wut.
Und gleich darauf fällt mir ein, wie Carus damals mit mir im Kino war und wie wir hinterher im *Cockpit* eine Cola getrunken haben. Beim Anstoßen hab ich ihm nicht in die Augen gesehen, weil ich so verlegen war und weil ich Angst hatte, er könnte in meinen Augen lesen, wie wahnsinnig lieb ich ihn hatte. Er sollte das nicht wissen. Das hätte mich verlegen gemacht, deshalb habe ich ihm nicht in die Augen geschaut, als wir angestoßen haben.
Und darauf Carus: »Mann, Lara, das war eben ganz schlecht.«
»Was?«
Er darauf: »Du hast mir nicht in die Augen gesehen.«
»Ist das so schlimm?«
»Ja, weil du jetzt sieben Jahre schlechten Sex haben wirst.«
Und ich darauf: »Das ist nicht so schlimm. Ich hatte schließlich schon sieben Jahre guten Sex.«
Und er, mit riesengroßen Augen: »Echt?«
Das war mein bestes Erlebnis mit Carus.
An dem Abend haben wir uns geküsst und es war der erste Kuss in meinem Leben. Und ich fand es superschön.
Weil die anderen Küsse vorher einfach nicht gezählt haben. Die waren nicht echt gemeint. Dieser hier war echt.
Ich weiß noch, wie wir uns endlich voneinander gelöst haben und Carus mich so an den ausgestreckten Armen gehalten und angesehen hat und wie er sagte: »Wow, ich habe eben die schönste Frau von Berlin geküsst.«

Ich glaube, etwas so Schönes wird mir im Leben nie wieder passieren. Und deshalb habe ich eine solche Wut. Und weil mir das genau in diesem Augenblick, als ich mit Mirna telefoniere, wieder einfällt, stelle ich das Handy einfach ab und krieche unter meine Bettdecke und versuche, vor Wut meinem Stoffteddy ein Ohr abzubeißen. Aber er ist so was schon gewöhnt. Der ist hart im Nehmen. Und außerdem sind seine Ohren sehr fest angenäht.

15. Kapitel

Das verstehe ich einfach nicht«, sagt meine Mami. »Du hast zwei Karten für die Oper und willst nicht hingehen.«

»Ich will ja hingehen«, sage ich kleinlaut.

»Und?«, fragt Mami.

»Nichts und«, sage ich. »Es ist eben nur so, dass ich noch nie in der Oper war und eigentlich auch niemanden kenne, von dem ich genau wüsste, dass er so was toll findet. Die meisten finden Oper irgendwie was für alte Leute.«

»So ein Quatsch«, sagt Mama empört.

»Okay, dann ist es eben Quatsch«, sage ich.

Wir sind in der Küche und bereiten das Abendessen vor. Manchmal helfe ich meiner Mutter dabei. Wenn sie abends erst sehr spät aus dem Laden kommt, dann mache ich auch alleine einen Salat oder so was. Mein Salat mit Käse- und Schinkenstreifen ist ziemlich lecker. Ich nehme dazu immer eine Joghurtsoße und die wird noch mit klein gehacktem Dill verfeinert, dazu dann Gurken und ein Kopf Eisbergsalat. Papa sagt, mit Krabben würde das Ganze besser schmecken, aber ich bin neuerdings – aus den bekannten Gründen – gegen Krabben. Ich ess überhaupt nichts mehr, was aus dem Meer kommt.

Mami hat Eier gekocht und die pellt sie jetzt, obwohl sie noch glühend heiß sind. Dabei lässt sie manchmal das Ei aus den Fingern wieder in die Schüssel zurückgleiten und flucht. Wenn Mami flucht, sagt sie immer »shit«. Sie sagt nie »Scheiße«. Sie hat mir verboten, das Wort in den Mund zu nehmen. Aber sie sagt »shit«. Dabei bedeutet es das Gleiche. In Französisch heißt es: merde. Wenn jemand merde sagt, klingt das überhaupt nicht obszön oder vulgär und bedeutet doch dasselbe. Weil die Deutschen eben meistens gar nicht wissen, dass merde »Scheiße« heißt.

»Was ist denn mit Sonja?«, fragt Mama. »Die siehst du überhaupt nicht mehr.«

»Stimmt«, sage ich und hacke den Dill noch ein bisschen schneller.

»Ich darf wohl nicht fragen, wieso ihr euch nicht mehr seht?«

»Nein«, sage ich.

»Ihr habt euch gestritten?«

»Mensch, Mami«, ich stöhne, »du wolltest doch nicht fragen! Außerdem hab ich dir alles schon erzählt.«

»Irgendetwas ist an diesem Samstag passiert «, sagt Mama, »als wir so spät aus der Stadt gekommen sind.«

»Mami, ist schon gut. Hör einfach auf, ja? Ich hab's selber längst vergessen.«

Mami schiebt mich zur Seite, um aus der Schublade den Eierschneider zu holen. Ja, wir sind ein perfekter Haushalt, wir haben sogar ein Gerät, mit dem man hart gekochte Eier schneiden kann. Aber das funktioniert nur, wenn sie schon abgekühlt sind.

»Das ist zu früh, Mami«, sage ich.

»Was ist zu früh?«

»Die Eier sind doch noch kochend heiß«, sage ich.

»Du lenkst nur ab«, sagt Mama.

Gut geschaltet.

Aber wenn ich beharrlich ablenke, so bohrt meine Mami beharrlich weiter. Das ist immer so.

»Du warst an dem Abend doch im *Flohzirkus«*, sagt sie.

Ich nicke nur und hole die Joghurtsoße aus dem Kühlschrank. Ich nehme immer eine fertige Soße, das geht einfacher. Ich nehme die von *Blockhouse*. Manche schwören auf *Thomy*. Carus mochte überhaupt keine Joghurtsoße, eigentlich mochte Carus überhaupt keinen Salat. Einmal, als er bei uns zu Abend gegessen hat, gab es einen Salat mit Sauce Vinaigrette. Er hatte vorher schon was gegessen und an dem einen Salatblatt gekaut und es praktisch nicht fertiggebracht, es runterzuschlucken. Als ich ihn nachher gefragt hab, was los war, ob es ihm nicht geschmeckt hat, hat er nur gegrinst: »Ich bin doch kein Kaninchen«, hat er gesagt.

»Also, du warst an dem Abend mit deiner Clique im *Flohzirkus* verabredet. Das weiß ich noch. Das hast du mir doch gesagt, bevor wir in die Stadt gefahren sind, Papa und ich.«

Daran kann ich mich nicht mehr erinnern. Ich weiß überhaupt nicht, ob ich meinen Eltern jemals gesagt habe, dass ich in den *Flohzirkus* gehe. Weil sie ja immer was dagegen hatten.

»Und was ist da passiert?«, fragt Mama. Sie legt das Ei in den Schneider und drückt die Lasche mit den feinen Drähten herunter. Zwölf gleich große, glatte Scheiben. Außen weiß und innen gelb. Sieht schön aus.

»Nichts ist passiert, Mami«, sage ich. »Soll ich auch Tomaten in den Salat tun?«

»Danach hast du die ganze Nacht geweint«, sagt Mama. »Ich habe es gehört. Und das hat mir so wahnsinnig leidgetan.«
Meine Mami hört immer alles. Auch wenn ich mir ein Kissen auf das Gesicht presse. Ich weiß nicht, wieso Mütter so feine Ohren haben.
»Im Kühlschrank ist noch etwas Salami. Die könnte ich auch reinschneiden«, sage ich. »Gibt einen anderen Geschmack. Das schmeckt bestimmt.«
»Du lenkst schon wieder ab«, sagt Mama. »Also gut, dann rede ich nicht mehr über Sonja.«
Ich gebe Mama mit den Salamischeiben in der Hand einen Kuss. »Danke«, sage ich.
Eine halbe Stunde später, als wir schon am Tisch sitzen, Papa bereits seine Nachrichten gesehen hat, fängt Mama wieder an. Ich glaube es einfach nicht, dass sie so hartnäckig ist. Aber wenigstens nervt sie nicht wieder mit dieser *Flohzirkus*-Nummer.
»Und was ist eigentlich mit Mirna?«, fragt sie.
»Wieso? Was soll mit ihr sein?«
»Hast du mir nicht erzählt, ihr Vater ist Professor für Musik?«
»Für Musikwissenschaften«, verbessere ich.
»Also, dann interessiert Mirna sich bestimmt für die Oper.«
»Was macht eigentlich ein Professor für Musikwissenschaften?«, fragte Papa. »Kann ich noch etwas Brot haben?«
»Aufgebacken schmeckt das Brot viel besser«, sagt Mama.
»Also«, sagt Papa, »was macht Mirnas Vater genau?«
»Ich glaube, er vergleicht Partituren«, sage ich. Manchmal

ist er jedenfalls in seinem Arbeitszimmer und der ganze Schreibtisch ist bedeckt mit Notenblättern.

»Oho!«, ruft Papa, »unsere Tochter weiß sogar schon, was eine Partitur ist!«

»Mensch, Papa, das lernen wir in der Schule.«

»Noten lesen auch?«, fragt Papa.

»Na klar«, sage ich.

»Und du kannst das?«

»Geht so«, sage ich.

»Und Mirna?«

»Sie kann das natürlich«, sage ich. »Auch so ganz komplizierte, die über drei Oktaven gehen. Und sie kann die Noten für Bläser und Streicher unterscheiden. Sagt sie jedenfalls.«

»Aha«, sagt Mama.

Und ich: »Wieso aha? Wieso sagst du jetzt aha? Willst du damit andeuten, dass ich blöder bin als Mirna?«

Mama und Papa tauschen einen Blick. Dann sagt Mama mit ganz sanfter Stimme: »Ach, Schätzchen, wieso bist du immer so gereizt?«

»Bin ich überhaupt nicht.«

»Doch«, sagt Papa, »immer wenn wir über deine Freunde reden wollen, reagierst du aggressiv.«

Dabei kann ich überhaupt nicht aggressiv sein. Eltern übertreiben immer. Typisch.

»Mirna ist nicht meine Freundin«, sage ich patzig. »Kann ich mal die Butter haben?«

Mama schiebt mir den Butterteller hin.

»Sie ist nicht deine Freundin?«, fragt sie.

»Nein«, sage ich.
»Aber ihr telefoniert doch oft.«
»Das nennst du oft?«, frage ich. »Höchstens zweimal in der Woche?«
»Immerhin öfter als du mit Sonja oder Noah oder Jackie telefonierst«, sagt Mami.
Ich lege mein Besteck hin. Ich starre meine Mama an.
»Zählst du etwa meine Telefonate?«, frage ich fassungslos.
»Unsinn.« Jetzt ist Mama verlegen. Ich hab sie ertappt.
»Oder kontrollierst du etwa mein Handy?«
»Zufällig«, sagt Papa, »bezahlen wir deine Rechnung.«
»Ihr zahlt die Grundgebühren und ich den Rest«, sage ich.
»Okay, aber die Rechnung landet bei uns«, sagt Mama.
»Und dann setzt ihr euch hin und forscht nach, wie oft ich mit wem gesprochen habe?«
»Und wie viel SMS du geschickt hast, jawohl«, sagt Papa. Und lacht. Und ich weiß nicht, meint er das jetzt ernst oder macht er sich über mich nur lustig.
Schweigen.
Wir reden nicht mehr. Jeder mampft sein Essen. Im Fernseher läuft ein Naturfilm ohne Ton. Ein Afrika-Film. Elefanten wirbeln mit ihren Rüsseln Staub auf.
Papa steht auf und stellt den Fernseher aus.
»Mann«, sage ich, »das wollte ich sehen.«
»Wir essen aber gerade«, sagt Papa.
»Wieso«, sage ich, »sonst läuft doch auch oft der Fernseher, wenn wir essen.«
»Höchstens ohne Ton«, sagt Mama.
»Das war doch ohne Ton!!!« Ich hätte am liebsten geschrien.

Ich weiß nicht, manchmal machen meine Eltern mich verrückt. Manchmal liebe ich sie so, dass es wehtut, und im nächsten Augenblick könnte ich sie auf den Mond schießen.
»Wir unterhalten uns doch gerade«, sagt Papa. Und schaut Mama an. Und Mama macht ihm irgendein Zeichen, nur mit den Augenlidern. Und ich denke, oh Gott, mal wieder Fragestunde. Manchmal verbünden sie sich, um mir ins Gewissen zu reden oder etwas aus mir herauszubekommen. Das hasse ich wie nichts sonst.
Jetzt wollen sie was aus mir herausbekommen.
»Also, Mirna ist nicht deine Freundin.«
»Nein!!!«, meine Stimme überschlägt sich.
»Schade«, Mami beißt in ihr Brot. »Sie ist so ein nettes Mädchen.«
»Schön, wenn ihr sie nett findet«, sage ich.
»Musikwissenschaftler«, mein Vater nickt ergriffen. »Toll. Und Mirnas Mutter?«
»Ich glaube, sie ist Archäologin«, sagt Mama. Sie schaut mich an. »Stimmt doch, oder?«
Ich zucke bloß mit den Schultern. »Kann sein.«
Papa nimmt das Bierglas und knallt es auf den Tisch.
»Herrgott noch mal, Lara«, schreit er, »was haben wir dir eigentlich getan?«
»Ja«, sagt Mama streng, »wieso bist du so biestig zu uns?«
»Ich bin überhaupt nicht biestig«, sage ich und stehe auf, »ich bin nur müde.«
»Wir sind aber gerade mitten im Gespräch«, sagt Mama. »Wenn du mit deiner Clique redest, stehst du doch auch nicht mitten im Gespräch auf und gehst ins Bett.«

»Ihr seid aber meine Eltern.«
»Umso schlimmer«, brummt Papa.
Da bin ich schon aufgestanden. Ich ziehe die Tür ganz sanft hinter mir zu. Und atme tief durch.
Endlich in Sicherheit!
Diese Fragen, das ist ja Folter. Das ist ja ein richtiges Verhör. Immerzu wird man irgendwelchen Fragen ausgesetzt. Ich will aber keine Fragen beantworten. Schon gar nicht Fragen, die was mit der Clique oder mit Mirna zu tun haben.
Was soll ich auch sagen?
Dass ich Angst habe vor der Freundschaft mit Mirna? Sie werden denken, ich bin total übergeschnappt. Wieso hast du Angst vor einer Freundschaft?, werden sie sagen. Das ist doch irrational.
Aber es ist überhaupt nicht irrational. Wenn man einmal so enttäuscht worden ist wie ich, dann wird man eben vorsichtig. Ich glaube, je älter ich werde, desto kritischer und skeptischer werde ich allem gegenüber sein. Allen Menschen und allem, was ich höre, lese oder sehe. Ich werde nicht mehr blind irgendjemandem vertrauen können.
Auf den ersten Blick ist Mirna wirklich okay. Ich meine, sie hat äußerlich nichts, was mir zuwider ist. Keine Piercings wie Jackie und Sophie (Sophie hat jetzt auch ihre Oberlippe gepierct!!!), sie trägt keine ultramodernen Klamotten und diese ganze Labelscheiße geht ihr auch total ab.
Also, Mirna gehört nicht zu den Leuten, für die es unbedingt Nike-Bermudas und Polo-Shirts von Ralph Lauren sein müssen oder All-Stars. Sie zieht an, was ihr gefällt. Und manche Sachen kauft sie auch secondhand oder auf dem

Flohmarkt, was ich ziemlich gut finde. Ich träume von einem roten Mantel, schwarz gefüttert, oder umgekehrt, für den Winter. So eine Art Cape mit einem dramatischen großen Kragen. Mirna hat mir neulich ein Foto von einer Theateraufführung gezeigt, da trug eine Schauspielerin so ein Teil. Fand ich viel schärfer als alles, was du heute bei H&M oder bei ZARA bekommen kannst.

Außerdem glaube ich, dass Mirna nicht falsch ist, nicht intrigant ist. Sie sagt jedem ehrlich, was sie denkt, auch wenn der das gar nicht so gerne hören möchte. Das gefällt mir, auch wenn ich selber das nie so könnte. Ich hätte immer Angst, dass der andere dann total sauer auf mich ist. Ich bin halt gerne nett zu den Menschen (ich weiß schon: Ich bin nur nett, weil ich möchte, dass die Leute auch nett zu mir sind. Aber so ist es eben.). Jedenfalls bin ich ziemlich sicher, dass Mirna hinter meinem Rücken nicht schlecht über mich redet. So wie Rita zum Beispiel. Die schmeichelt sich erst bei einem ein, sagt: Deinen Pulli finde ich vielleicht süß. Und wenn man sich kaum umgedreht hat, dann rennt sie zu ihrer Clique und flüstert: Igitt, hast du gesehen, wie Lara heute rumläuft?

Solche Leute verachte ich total.

Mirna kommt auch mit allen Lehrern gut klar. Noah behauptet natürlich, sie schleime sich ein und sei jedermanns Liebling.

Aber Mirna tut nichts, um Liebling zu sein. Es ist einfach nur so, dass die Lehrer sie gerne sehen, weil sie immer so nett lächelt. Ich finde auch, dass es niemanden in der Klasse gibt, der so ein offenes, fröhliches Lächeln hat wie Mirna.

»Wie machst du das«, habe ich sie mal gefragt. »Hast du das im Spiegel trainiert oder so?«

Da musste Mirna lachen. Und dann sah es wieder genauso nett aus. Und dann musste ich auch lachen.

»Das Lächeln kommt einfach aus mir raus«, hat sie gesagt. »Genauso wie die Tränen. Ich versuche doch nicht, das zurückzuhalten. Ich lache, wenn mir danach ist, und ich weine, wenn mir zum Weinen zumute ist.«

Ich stelle mir vor, Mirna wäre meine Freundin und ich würde mich vollkommen auf sie verlassen und dann würde etwas ganz Dramatisches passieren: Das wäre doch furchtbar. Wenn ich zum Beispiel erführe, wie sie wirklich über mich denkt, dass sie mich für arrogant oder naiv hält, dass sie meine Haarfarbe blöde findet und jedes Mal Pickel kriegt, wenn sie sieht, dass sie schon wieder eine SMS von mir bekommen hat. Solche Sachen stelle ich mir manchmal vor. Ich stelle mir vor, ich rufe bei Mirna zu Hause an und ihre Mutter ist am Telefon und sagt ganz lieb: Oh, hallo, Lara, ich will mal sehen, wo Mirna steckt. Und dann geht sie mit dem Telefon in Mirnas Zimmer und sagt: Lara ist dran. Und Mirna zieht eine Grimasse und gestikuliert stumm und wild herum, um ihrer Mutter zu zeigen, dass sie absolut keinen Bock hat, mit mir zu telefonieren.

Das würde mich zerschmettern. Deshalb rufe ich lieber nur ganz selten an. So selten, dass Mirna mich oft fragt: »Was ist los?«

Und ich sage: »Nichts.«

Und sie fragt: »Hab ich was falsch gemacht?«

Und dann antworte ich: »Weiß ich doch nicht. Musst du selber wissen. Ich steck doch nicht in dir drin.«
Und darauf Mirna: »Du bist ganz schön komisch, weißt du das? Ganz schön kompliziert.«
Dann reagiere ich jedes Mal beleidigt und sage: »Tut mir leid, dass ich so blöd bin.«
Und darauf Mirna: »Das hat doch mit Blödsein nichts zu tun. Ich hab doch nicht gesagt, du bist blöd, sondern kompliziert.«
An alldem merkt man, dass wir vielleicht nie Freundinnen werden können.
Und was die Liebe betrifft: So einen Schmerz wie damals möchte ich nicht noch einmal haben, und wenn jemand mich fragen würde, ob ich Mitglied einer Clique oder einer Gruppe werden möchte, würde ich erst mal sagen: Danke, sehr nett, aber ich muss mir das überlegen.
Mit Mirna ist es was anderes. Mirna weiß ja im Grunde Bescheid, was da gelaufen ist. Sie erlebt es ja auch jeden Tag bei uns in der Schule. Wie die mich fertigmachen wollen.
Aber warum? Warum?
Okay, sie haben mich rausgeworfen und ich habe mich so verhalten, dass ich nicht mehr in die Gruppe passe. Da kann man fragen: Was war zuerst? Die Henne oder das Ei?
Jedenfalls sind wir quitt. Die erwarten nichts mehr von mir und ich nichts von ihnen. Also könnten wir doch irgendwie locker und freundlicher miteinander umgehen, genau so, wie sie mit den anderen Leuten aus meiner Klasse umgehen.
Aber nein, das können sie nicht.

Offenbar habe ich sie so geärgert oder beleidigt, dass sie nie im Leben darüber wegkommen können.
Mirna glaubt ja, dass es genau andersherum ist: Sie ärgern sich, weil ich nicht mehr bei ihnen bin. Dass ich nicht angekrochen kam, dass ich nicht gebettelt habe: Oh bitte, ich möchte bei euch bleiben, ich tu auch alles, was ihr wollt. Oh bitte, lasst mich nicht allein. Aber das habe ich eben nicht getan. Dieses letzte bisschen Stolz hat mich gerettet.
Oder auch nicht gerettet.
Ich hab mich in ein Meer von Tränen und Selbstzweifel gestürzt. Manchmal habe ich mich im Spiegel angesehen und gedacht: Wer ist dieses fremde Mädchen? Was will die eigentlich? Was geht in ihr vor? Was wird mal aus ihr?
Omi sagt, so was ist völlig normal. Omi wundert sich über nichts. Mir ist nichts Menschliches fremd, sagt Omi immer. Ich kann mir alles vorstellen. Sie hat auch für alles Verständnis. Omi sagt, der Mensch ist eben so. Er ist gut, aber auch böse, er kann Leben retten und auch töten, er kann treu sein oder nicht. Er kann Verrat üben oder für eine Freundschaft sterben. Alles ist möglich. Alles in einer Person. Das macht das Leben so spannend. Und deshalb schreibt sie Romane.
Aber ich weiß nicht: Manchmal macht es mir Angst, dass der Mensch so ist: so unübersichtlich. So unbegreiflich in seinen Gefühlen. Und seinen Emotionen. Hitler zum Beispiel hat Schäferhunde geliebt. Er war unheimlich nett zu seinen Hunden. Aber er hat Millionen Juden in den Konzentrationslagern sterben lassen.
Vielleicht darf man niemanden trauen. Nur sich selbst.
Aber dazu muss man sich erst einmal kennenlernen, seine

schlechten Seiten, seine Schwächen. Und dann muss man damit beginnen, diese schlechten Seiten und diese Schwächen zu bekämpfen.
Und dann kann man anfangen, Vertrauen zu sich selber zu haben. Sich selber richtig einschätzen lernen.
Wenn man einmal so weit ist, wird vielleicht alles einfacher.
Aber wie lange dauert das noch?
In viereinhalb Wochen werde ich fünfzehn. Und ich bin immer noch so dumm. Und weiß nur so wenig von der Welt.
In anderen Ländern heiraten Mädchen schon mit fünfzehn!
Und kennen das Leben doch gar nicht!
Man kennt sich selber noch nicht, man weiß gar nicht, was für eine Person man später einmal sein möchte und welche Fähigkeiten in einem stecken – und schon ist man an einen anderen Menschen gefesselt, mehr gefesselt als an seine Eltern.
Ich möchte erst ganz spät heiraten, wenn ich einen Beruf habe und die ganze Welt gesehen hab. Erst dann.
Ich war dann also mit Mama im Ballett. Ich konnte mich einfach nicht entschließen, Mirna zu fragen. Aber mit Mama war es auch okay. Eigentlich sogar ziemlich okay.
Sie ist extra vorher zum Friseur gegangen und hat mich gefragt, was sie anziehen soll. Sie hat gesagt: »Ich will dir doch gefallen. Wenn ich schon die Ehre habe, mit meiner schönen Tochter in die Oper zu gehen, dann will ich ihr doch keine Schande machen.«
»Mensch Mama«, habe ich gesagt, »als wenn du mir je Schande gemacht hättest.«
»Na, wer weiß«, hat Mama gesagt.

Eher wäre es umgekehrt, hab ich gesagt und dann haben Mama und ich uns einmal angeguckt und sind uns in die Arme gefallen, einfach so mitten in ihrem Schlafzimmer, als alle Schranktüren offen standen und wir ihre Kleider auf dem Bett ausgebreitet hatten.
Das war irgendwie lustig. Mir ist erst nachher aufgefallen, dass dies fast so eine Situation war, wie ich sie früher immer mit Sonja hatte: wir beide vor dem Kleiderschrank, abends sollte eine Fete steigen, und wir überlegten gemeinsam, was man anziehen soll.
Mama muss das Gleiche gedacht haben, denn sie sagte nachher, als wir mit der S-Bahn in die Oper fuhren, zu mir: »Weißt du, was ich schön fände? Wenn wir später Freundinnen sein könnten.«
Ich war ganz verwirrt, mir ist darauf keine richtige Antwort eingefallen, ich hab wahrscheinlich nur ein bisschen blöd gegrinst.
»Früher oder später«, hat Mama noch gesagt, »wird sich das Verhältnis zwischen uns ändern. Dann lässt du dir nichts mehr sagen, dann bist du alt genug, selber Entscheidungen zu treffen und für dich Verantwortung zu übernehmen. Dann brauchst du mich gar nicht mehr.«
Was Mami so für Ideen hat! Man braucht seine Eltern immer, denke ich, auch wenn man älter wird. Wenn ich zum Beispiel studieren will, dann werde ich noch jahrelang, fast zehn Jahre, von ihnen abhängig sein.
»Mich würde es jedenfalls glücklich machen«, hat Mama gesagt, »wenn wir Freundinnen sein könnten.«
Ich habe Mamis Hand genommen und sie nur stumm ge-

drückt. So haben wir in der S-Bahn gesessen in unseren schicken Klamotten, Mama in dem schwarzen Kleid mit dem indischen Schal und ich in einer blauen Hose und einem Glitzertop. Das hat Mami mir extra für die Oper gekauft. Und bevor wir losgefahren sind, hat Mama noch ein Foto von mir gemacht. »Das bekommt Omi«, hat sie gesagt, »und auf die Rückseite schreiben wir: Lara, auf dem Weg in die Oper. Dann freut sie sich.«

Das Ballett war schön, aber auch ein bisschen gewöhnungsbedürftig. Ich glaube, Tänzer leisten Unheimliches, wenn die so über die Bühne springen und hüpfen. Wahrscheinlich machen sie täglich unglaubliche Dehn- und Stretchübungen. Die Tänzer müssen ihre Partnerinnen hochstemmen und die Tänzerinnen schweben, als wären sie leicht wie Federn.

Sie haben nach einer Musik von Strawinsky getanzt. Ich fand die Musik ziemlich modern, also nicht irgendwie modisch und auch nicht so lieblich wie die Musik von Mozart, man musste sich die ganze Zeit ziemlich konzentrieren, um zu verstehen, was die Tänze zusammen mit der Musik wohl ausdrücken sollten.

Aber das Verrückte kommt noch:

In der Pause, als ich Mama nach unten ins Foyer begleitete, wo man rauchen darf (Mami wollte unbedingt eine Zigarette rauchen), wen trafen wir da? – Mirna mit ihren Eltern!

Also, das war wirklich das Verrückteste überhaupt.

Ich gehe also an die Bar, um für mich und Mama was zu trinken zu besorgen, und Mirna steht genau vor mir und wedelt mit einem Zwanziger, um den Kellner auf sich aufmerksam zu machen.

Ich habe ihr auf die Schulter getippt. Sie hat sich umgedreht. Und wir haben uns nur angeschaut.
»Wie finde ich das denn«, hat Mirna gesagt.
Und ich: »Das ist echt der Hammer.«
Ich hab in ihren Augen gelesen, dass sie sich richtig gefreut hat. Sofort hat sie mich mit meiner Mami zu ihren Eltern geschleppt, die noch mit irgendwelchen hochwichtigen Musikern da rumstanden und darüber debattierten, ob die Bratsche zu laut gewesen sei. Ich weiß nicht mal genau, wie eine Bratsche klingt.
Mirnas Eltern waren unheimlich nett zu meiner Mutter und ich glaube, das hat ihnen gefallen, dass wir auch Musikliebhaber sind (Ich habe lieber nicht gesagt, dass es mein erster Besuch in der Oper war. Das kann ich Mirna ja immer noch sagen.).
Danach hat Mirnas Vater uns noch in einen Weinkeller eingeladen. Mirna und ich haben uns gleich ans Ende des Tisches gesetzt, weil Mirna gesagt hat: »Weißt du schon das Neuste? Kennst du schon die Geschichte von Noah?«
Ich war natürlich supergespannt. Aber Mirna hat gesagt, besser, sie erzählt es mir, wenn die anderen nicht zuhören.
Noah ist beim Koksen erwischt worden. In seinem eigenen Zimmer haben seine Eltern ihn dabei erwischt. Er hat sich gerade eine Line gelegt (auf dem Mathebuch!) und wollte sie mit dem Strohhalm ins Nasenloch ziehen, da ging die Tür auf und seine Eltern standen da. Noah hat gedacht, seine Eltern sind gar nicht zu Hause. Sie müssen ganz lautlos hereingekommen sein. Vielleicht hatten sie sogar vor, ihn zu überraschen.

Jedenfalls der Eklat war da. Großes Theater.

Noahs Mutter hat einen Nervenzusammenbruch bekommen und Noahs Vater wollte am nächsten Tag mit Paulsen reden.

»Und woher weißt du das?«, hab ich Mirna gefragt.

»Flurfunk«, hat sie gesagt.

Was auch immer das heißt.

»Noah muss in ein Internat. Und zwar ein ganz strenges Internat, in dem alles verboten ist, was Spaß macht, hat Carus gesagt. Kein Alkohol, keine Mädchen, keine Drogen, klar, und kein Sex.«

16. Kapitel

Noah hockt auf seinem Mofa auf dem Schulhof und alle um ihn herum. Er genießt seinen letzten Auftritt in unserer Schule, das spüre ich richtig.
Er ist der Held, der etwas Verbotenes getan hat. Und dazu steht. Es gibt nicht wenige in unserer Klasse, die ihn jetzt noch mehr bewundern als vorher. Dabei ist dieses Internat eigentlich eine Art Besserungsanstalt, behauptet meine Omi. Das Internat gibt es schon seit dem Krieg, sagt sie, da hat man früher schon schwer erziehbare Jungen hingeschickt. Ein altes Schloss in Sachsen-Anhalt ohne warmes Wasser und nachts in den Schlafsälen keine Heizung. Ein Härtetest.
Und jeden Morgen Appell. Und unangemeldete Razzien. Ausgangssperre, sobald man irgendetwas Verbotenes getan hat. Und zwar totale Ausgangssperre. Samstags, sonntags Bau, sagt Noah. Oben in den Turmzimmern. Drei Mahlzeiten am Tag, die werden dir in die Zelle gebracht, und Schulbücher, damit du lernen kannst, und ein Stapel leerer weißer Blätter, auf denen du notieren kannst, dass du ein Idiot bist, der es nicht besser verdient hat.
Vielleicht übertreibt Noah auch, aber Omi meint, sie könne sich vorstellen, dass ein strenges Regime manchmal Wunder wirkt.
Noah sieht kein bisschen betrübt aus. Ich glaube, er freut sich schon auf die Zeit wie auf ein Abenteuer.
Natürlich haben die dort Computer und er schreibt sich von allen Leuten die Mail-Adressen auf.

Wer weiß, ob er überhaupt unzensierte Mails abschicken darf. Vielleicht wird alles vom Direktor und den Lehrern kontrolliert, was rausgeht, auch alle Briefe. Ich habe mal einen Roman gelesen, in dem war es so. Ein superstrenges, schreckliches Internat. Ich würde da ersticken. Aber nicht Noah. Noah macht auf cool, hockt auf seinem Mofa und lässt sich feiern. Ich wäre an seiner Stelle nicht so sicher, dass die Sache gut ausgeht.

Seine Eltern haben gesagt, wenn er sich auf dem Internat nicht benimmt, dann soll sich das Jugendamt um ihn kümmern.

Mirna hat herausbekommen, dass Noah schon zweimal beim Stehlen erwischt wurde. Klar, ich habe mich immer gefragt, wo er das ganze Geld für die Drogen herhatte. Er soll in der Schule einem Mädchen das Portemonnaie aus dem Anorak gestohlen haben, Paulsen hat ihn dabei gesehen. Dabei soll es passiert sein. Aber man hat das nicht an die große Glocke gehängt.

Schlimmer ist, glaube ich, dass er seine Omi beklaut hat. Und zwar richtig eiskalt. Er hat ihr einen Hunderter weggenommen von ihrer Rente.

Meine Eltern wissen das auch. Auf dem Elternabend, der gleich nach der Sache mit Noah einberufen wurde, hat man das wohl alles diskutiert. Über andere Schüler ist auch geredet worden.

Carus und Sophie sollen sich getrennt haben, weil Sophie einen Entzug macht. Und Carus' Eltern sollen auf diese Weise erst erfahren haben, mit wem er zusammen ist! Carus' Eltern haben gedacht, wir sind immer noch ein Paar!

Das finde ich besonders irre, dass Carus vor seinen Eltern so getan hat, als wären wir immer noch zusammen! Und mich in der Schule praktisch keines Blickes mehr würdigte.
Benni hat totale Angst, dass seine Eltern sich auch irgendetwas einfallen lassen. Benni muss auf Schritt und Tritt Rechenschaft darüber ablegen, was er tut, mit wem und wohin er geht und so. Aber was nützt das schon. Wenn einer wie Benni Lust hat, Ecstasy zu schlucken, dann tut er das auch. Und wenn er kein Geld hat, dann borgt er sich welches, um die Dinger zu kaufen, ist doch logisch.
Benni hat mir einmal gesagt: »Ich tu alles, was die Clique erwartet. Mir egal. Ich denke darüber nicht weiter nach. Die Clique, das ist meine Familie, ich könnte es nicht aushalten, wenn ich auf einmal von denen ausgestoßen würde. So wie du. Ich würde kaputtgehen.«
Mirna sagt: »Der geht auch so kaputt. Guck ihn dir nur an. Der ist doch nur noch die Hälfte von dem, was er vorher war. Und so blass immer. Mit der Blinddarmoperation hat das jedenfalls nichts mehr zu tun. Oder ist schon vergessen.«
Benni sagt, man sieht die Narbe nicht mal mehr, wenn man nicht genau hinsieht.
Sie gehen nicht mehr in den *Flohzirkus*. Da sei es zu kindisch, hat Jackie gesagt. Sie haben jetzt einen neuen Schuppen ausfindig gemacht, in der Jüterborger Straße, am Anhalter Bahnhof.
Da soll es eine richtig abgefahrene Szene geben.
Keine Ahnung, was man sich darunter vorstellen muss, aber wahrscheinlich nichts Gutes.

Dörte ist irgendwie immer noch dieselbe, kichert blöd und kriegt in der Schule kaum was mit. Wieso die nicht sitzen bleibt, ist mir ein Rätsel, wahrscheinlich schummelt sie sich bei den Arbeiten so durch.
Irgendwie sind mir die ganzen Leute völlig egal. Schon eine ganze Weile.
Aber als Noah jetzt so dasitzt, mitten auf dem Schulhof, und sich feiern lässt, da kommt das alles in mir noch mal so hoch.
»Und? Bist du jetzt glücklich?«, frage ich Noah vor allen anderen.
Noah dreht sich zu mir um und sieht mich an. »Klar«, sagt er, »total.«
»Und weißt du überhaupt, was das ist?«, frage ich.
Noah grinst. Und sagt: »Ich schon, aber du nicht.«
Und alle lachen. Bis auf Mirna. Die ruft: »Oh Mann, wie bescheuert bist du eigentlich? Kapierst du überhaupt nichts?«
Ich laufe weg, weil ich auf einmal richtige Herzschmerzen habe. Ich muss ganz tief Luft holen und ich darf die Augen nicht zumachen, weil mir sonst schwindlig wird.
Dann schaue ich von der Stelle bei den Fahrrädern aus zu, wie sie Noah nach draußen begleiten. Wie ein Triumphzug sieht das aus. Bis vor das Schultor bringen sie ihn. Und die Lehrer sehen sich das kopfschüttelnd an, denken wohl, nun drehen sie alle vollständig durch.
Sonja hat mich entdeckt und ist zu mir gekommen.
»Ich verstehe nicht, warum du das gemacht hast.«
»Was denn?«, frage ich.
»Warum du ihn das gefragt hast.«

»Ist das verboten?«
»Nein, nicht verboten, aber ist doch logisch, dass er nicht glücklich ist. Mann, wie kann er glücklich sein, wenn sich durch ihn die ganze Clique auflöst und alles kaputtgeht! Wie kann er da glücklich sein!«
»Das wollte ich ja eben gerade wissen«, sage ich.
»Es geht ihm beschissen«, sagt Sonja, »richtig beschissen. Ich habe drei Nächte mit ihm geredet und ihn getröstet, nur damit er das alles einigermaßen durchsteht. Der Mann ist am Ende. Er versteht nicht, wieso seine Eltern ihm so was antun. Er ist mit seinen Eltern fertig. Er sagt, wenn er aus dem Internat raus ist, will er nicht mehr nach Hause zurück. Nie mehr, hat er gesagt.«
»Und das findest du jetzt toll oder was?«, sage ich.
»Quatsch, nicht toll. Ich will doch nur sagen, wie scheißunglücklich er ist. Und ich hätte gedacht, dass du ein bisschen mehr Mitleid mit ihm hast.«
Mirnas Eltern haben mich eingeladen, sie ein Wochenende nach Salzburg zu begleiten. Da gibt es eine Sommerakademie der jungen Künstler und Mirnas Vater muss einen Vortrag halten.
Da die Universität die Reise und das Haus bezahlt, in dem er wohnen soll, können sie mich mitnehmen.
Wir fahren Freitagmittag gleich nach der Schule los. Montag ist ein Feiertag, sodass wir erst montagnachts wieder in Berlin ankommen.
Salzburg soll total schön sein. Mirna und ich haben uns schon alle möglichen Prospekte angesehen.
Das Haus, in dem wir wohnen werden, ist eine Art Almhüt-

te, ganz aus Holz, mit einem Balkon, der rundherum läuft, und man kann aus jedem Zimmer die Berge sehen. Ich war noch nie in den Bergen. Ich war bis jetzt nur mit meinen Eltern an der Ostsee.
Aber das war auch toll.
Mirna sagt, sie findet es unheimlich schön, dass ich mich über die Einladung so gefreut habe. Sie sagt, in dem Haus ist ganz viel Platz und wir würden uns überhaupt nicht auf die Nerven gehen. Ich musste lachen. »Wir gehen uns doch nie auf die Nerven«, hab ich gesagt.
Da hat sie auch gelacht. »Das ist toll, dass du das so siehst.«
»Siehst du es denn anders?«, habe ich gefragt.
»Nein«, hat sie gesagt, »überhaupt nicht.«
Mirnas Eltern sind bei meinen Eltern gewesen und dann haben sie alles besprochen.
Wir fahren mit einem großen Van mit Klimaanlage und CD-Player. Wahrscheinlich hören wir die ganze Zeit klassische Musik, aber das ist okay für mich.
Mirna macht mit mir gerade so eine Art Einsteigerprogramm für klassische Musik, das ist total lustig.
Außerdem findet sie, dass ich Talent zum Klavierspielen habe. Mirnas Vater findet das auch. Ich konnte auf Anhieb alles nachspielen, natürlich nur mit einer Hand, aber immerhin.
Und es ist ein tolles Gefühl, wenn unter den eigenen Händen so ein Klang entsteht, eine Melodie.
Zum Geburtstag habe ich mir von meinen Eltern Klavierunterricht gewünscht.
Mami war fassungslos. »Normalerweise finden Kinder Kla-

vier spielen grässlich!«, sagt sie. »Und die Eltern müssen ihre Kinder ans Klavier prügeln.«

Mal sehen, vielleicht finde ich es irgendwann ja auch grässlich, dann kann ich ja auch wieder aufhören. Ist ja nicht schlimm. Aber wer nichts ausprobiert, lernt auch nichts über sich und seine Fähigkeiten.

Zu meinem Geburtstag lade ich nur Mirna ein und niemanden sonst. Ich habe noch keinen Plan, was wir machen können, aber es sind ja auch noch zehn Tage Zeit. Da fällt mir schon was ein. Vielleicht besorge ich Karten fürs Theater oder so. Oder ich frage Mami und Papi, ob wir zu viert richtig schick essen gehen können und nachher noch in eine Bar. Ich würde wahnsinnig gerne mal in so eine richtige Bar gehen und Leute beobachten.

Ich liebe es, Leute einfach nur zu beobachten.

Mirna glaubt, ich werde später mal Journalistin, weil ich immer so neugierig auf alles bin. Und weil ich so gut schreiben kann, sagt sie. Mirna hat mein Buch schon gelesen, jedenfalls die ersten fünfzig Seiten, die ich in den Computer eingegeben hab. Ich hab es für sie ausgedruckt, eigentlich sollte Omi es ja zuerst lesen, aber dann habe ich gedacht, ich mache lieber erst einmal den Check mit Mirna. Bevor ich es einem Profi zeige.

Ich war, ehrlich gesagt, ziemlich aufgeregt. Drei Tage hatte Mirna den Text schon und drei Tage hat sie kein Wort gesagt! Und ich dachte, wenn sie es nun total daneben findet, was dann?

Ich konnte nachts kaum schlafen, immer, wenn ich aufgewacht bin, hab ich gedacht: Jetzt liest sie es.

Heute ist sie in die Schule gekommen, hat mich mit den Augen gesucht, die Arme ausgebreitet, gestrahlt und einfach nur »Wow!!!« durch die ganze Klasse gebrüllt. Und dann hat sie mich umarmt und gerufen: »Du bist ja begabt! Das ist ja ganz unglaublich! Ich habe eine Gänsehaut gekriegt beim Lesen!«
Ich war so froh, das kann sich keiner vorstellen. So erleichtert! In diesem Augenblick war diese Last, die ich immer auf mir gespürt habe, wie weggeblasen. Dieser Druck im Nacken, das war einfach weg.
Meiner ersten Leserin hat gefallen, was ich geschrieben hab!
»Und du hättest es mir auch wirklich ehrlich gesagt, wenn du es nicht gut gefunden hättest?«, hab ich Mirna gefragt.
Mirna hat mich angesehen, gelächelt und gesagt: »Was glaubst du, was für eine Angst ich hatte, dass ich es nicht gut finden könnte. Drei Tage bin ich um den Packen Papier herumgeschlichen und hab nicht den Mut gehabt, es anzufassen.«
Das habe ich ihr geglaubt.
Es ist das erste Mal seit Wochen, dass Sonja mehr als nur ein paar flüchtige Sätze mit mir redet.
»Und sonst«, sagt sie, »wie geht es dir?«
»Danke«, sage ich, »ganz okay.«
»Du bist jetzt viel mit Mirna zusammen«, sagt Sonja.
»Ach ja?«, sage ich.
»Oder nicht?«, fragt Sonja.
»Wenn du meinst«, sage ich.
»Und was findest du an ihr?«, fragt Sonja.
Ich bleibe stehen. Ich schaue Sonja an. »Du glaubst nicht im Ernst, dass ich dir das erzähle, oder?«

»Früher hättest du mir alles erzählt«, sagt Sonja.
»Früher war früher und jetzt ist jetzt.«
»Du hast dich verändert«, sagt Sonja.
»Und du erst«, sage ich.
»Man kann mit dir überhaupt nicht mehr reden.«
»Hast du es denn versucht?«, frage ich.
»Ja, ich hab's versucht«, sagt Sonja.
Das haut mich echt um. Das möchte ich wirklich wissen, wann sie das versucht hat. Gemerkt habe ich davon jedenfalls nichts. Wenn ich Sonja sehe, sehe ich immer nur ihren kühlen Blick. Oder ihr hämisches Grinsen. Oder wie sie ganz absichtlich ihre Arme um Dörte oder Jackie schlingt, um zu zeigen: Hier, hallo, das sind jetzt meine Freundinnen und mit denen verstehe ich mich viel besser als mit dir damals.
»Das haut mich um«, sage ich.
»Ach, vergiss es«, sagt Sonja.
»Genau«, sage ich.
Und drehe mich um und gehe und fühle mich auf einmal ganz leicht und schwerelos. Als würde ich schweben. Oder schwimmen im Meer. Wie ein Fisch.